KB126160

4

고광(高光) 현대 판타지 장편소설

초판 1쇄 찍은 날 | 2018년 11월 6일
초판 1쇄 펴낸 날 | 2018년 11월 13일

지은이 | 고광(高光)
펴낸이 | 예경원

기획 | 위시북스
편집책임 | 이규재
편집 | 위시북스

펴낸곳 | 예원북스
등록번호 | 제396-2012-000132호
등록일자 | 2012. 7. 25
KFN | 제1-328호

주소 | 경기도 고양시 일산동구 호수로 646-24 위너스21Ⅱ빌딩 206A호 (우)10401
전화 | 031-819-9431 팩스 | 031-817-9432
E-mail | yewonbooks@naver.com

ISBN 979-11-89564-35-3 04810
       979-11-89450-37-3 (set)

CONTENTS

- 1장 -

영화 배급

　대남의 말은 여러모로 촬영장 내의 수많은 이에게 충격을
주었다.

　진 PD는 막내 시절부터 방송국 생활을 겪어오면서 이 바닥
이 얼마나 험하고, 더러운지를 뼈저리게 느꼈다. 화려하고 향
기로운 꽃향기로 가득해 보이지만 실상은 파리지옥이나 다름
없었다. 연예인들은 무명 생활을 견디다 못해 떠나가는 경우
도 있었으나 기획사의 횡포에 못 이겨 사라지는 것이 부지기수
였다.

　"……."

　고지원은 한참 동안이나 말문을 잇지 못했다. 카메라는 그
런 둘의 광경을 하나도 빠짐없이 촬영하고 있었다. 톱스타의
반열에 있어도 바닥을 개선시킬 의지는 없었다. 아니, 그럴 용

기조차 나지 않았다.

폐쇄적인 업계에서 변화를 요한다는 것은 자살행위나 다름 없었기 때문이다.

하지만 눈앞의 남자는 그런 철옹성을 향해 선전포고를 한 것이나 다름없었다.

"……책임질 수 있겠어요? 그 말."

고지원의 뒤늦은 물음에 대남은 옅게 미소 지어 보였다. 카메라 속에 비친 둘의 모습은 첫 촬영 때와는 많은 것들이 달라져 있었다. 대남은 자리에 앉아 소파에 몸을 기대며 말했다.

"앞으로 일 년."

그의 말에 고지원을 비롯한 스태프들은 침을 삼켰다. 모두의 이목이 쏠린 가운데, 곧고 힘 있는 목소리가 촬영장 안에 울려 퍼졌다.

"그 안에 변화를 시켜보죠."

대남의 호기로운 장담에 모두가 헛바람을 집어삼켰다. 건방지다고 평가될 수 있는 발언이었지만 언행의 주체가 누구냐에 따라 웃어넘길 수 없는 말이기도 했다.

더군다나 여태껏 대남의 행보를 지켜본 이라면, 쉽사리 뱉은 허언이 아님을 직감할 수가 있었다.

"와……."

누군가의 감탄을 시작으로 모두가 믿기지 않는 대남의 발언을 나름대로 해석했다. 각자 변화가 일어난다면 얼마나 많은 것들이 바뀔까 상상의 나래를 펼치는 듯, 촬영장 안 사람들의 얼굴에는 묘한 희열감이 차올랐다.

카메라 감독은 렌즈 속에 비친 장면을 보며, 왠지 경이롭다는 생각을 했다.

녹화 촬영 중 막간을 이용해 짧은 쉬는 시간이 주어졌다. 고지원은 여배우 타이틀을 앞세워 대기실을 원했고, 난처해하던 제작진에게 대남은 공실 하나를 내주었다.

"흠……."

대기실 안에서 고지원이 아무 말 없이 침음을 삼키고 있자 기획사 직원들과 매니저는 초조해질 수밖에 없었다.

금일 촬영 동안에는 어제와 같은 신경전이 벌어지지는 않았으나 여자의 마음은 갈대라고, 하루에도 수십 번씩 변심하는 고지원의 성정을 예측하기란 정말 어려웠다.

"원용이 빼고, 다 나가 있어."

고지원의 말에 말단 직원들이 다 빠져나가고, 승합차를 몰고 동행해 온 현장 매니저만이 대기실에 우두커니 남았다.

매니저 김원용은 등 뒤로 굵은 땀방울이 맺혀 흐르고 있었다. 평소엔 누나라는 호칭을 부를 정도로 가까웠지만 이럴 때만큼은 더욱 조심해야 했다.

"원용아, 너 나랑 얼마나 일했니."

"칠 년 됐습니다."

"그래, 오래도 됐네."

고지원은 어렸을 적부터 방송 생활을 했는데 그동안 수많은 매니저를 갈아치웠다. 오죽하면 소속사에서 고지원의 매니저를 두고 좌천이라는 표현을 했겠는가.

숱한 매니저들을 거쳐 마지막으로 들어온 이가 바로 김원용이었다. 오랜 기간 동안 고지원의 매니저로서 수족 역할을 수행해와 골백번 승진을 해도 이상할 게 없었지만 고지원이 사비를 들여서라도 개인 매니저로 두고 싶다고 생짜를 놓아 소속사 측에서도 어쩔 도리가 없었다. 겨우 고삐를 잡은 망아지를 풀어줄 수도 없는 노릇 아닌가.

"내 계약 기간 얼마나 남았지?"

"재계약까지 일 년 정도 남았습니다. 누나, 그런데 그건 왜……?"

"원용아, 만약에 내가 회사 나간다고 하면 그때 나랑 같이 옮길래?"

고지원의 갑작스러운 제안에 매니저는 할 말을 잃은 채 어쩔 줄 몰라 했다. 그녀는 얼굴에 비가 내리듯 비지땀을 흘리고 있는 매니저를 바라보며 고개를 저어 보였다. 그러고는 닫혀 있는 문 너머를 응시하며 읊조리듯 말을 내뱉었다.

"짜증 나게, 멋있네."

얼마 지나지 않아 녹화가 재개되었다. 황금양을 바라보는 스태프들의 눈빛은 이전과 달라져 있었다.

한편, 고지원은 복잡한 심정으로 다시 촬영장에 모습을 드러냈다. 그녀가 미간을 찌푸린 채 대남을 바라봤기에 사람들은 초조해졌다. 하지만 정작 당사자인 대남은 아무렇지도 않았다.

"왜 또 심통이 난 겁니까. 촬영 얼마 안 남았으니까 신경질 부리고 싶거든 끝나고 집에 가서 부리세요."

"……."

대남의 말에 고지원은 고개를 돌리고 팔짱을 끼는 것으로 대답을 대신했다. 어제와 같이 둘 사이에 신경전이 시작될까 염려됐던 스태프들은 그제야 안도의 한숨을 내쉬었다.

이윽고 조연출이 카메라 앞에서 다시 슬레이트를 치며 마지막 녹화가 막을 올렸다.

"영화의 배급, 직원의 채용에 대해 알려드렸습니다. 그럼 문화·예술계 사업을 하는 회사의 대표로서 가져야 할 가장 중요한 덕목이 무엇일까요? 고지원 씨라면 이쪽 업계에 오랫동안 몸담았으니 모르지 않으실 거라 생각합니다."

"잠깐만요, 갑자기 물어보니까."

촬영의 큰 틀은 대본대로 흘러갔지만 세세한 내용은 대본에 적혀 있지 않았다. 고지원은 본인이 소속된 기획사의 대표를 머릿속에 떠올렸다.

톱스타들을 상대로는 체면을 지키지만, 그 밑으로는 악다구니를 써가며 기강을 세우기 바쁜 인물이었다.

하물며 대외 업무 또한 인맥과 접대를 통하니, 썩 살가운 사람은 아니었다. 하지만 대다수의 대표가 이렇게 일 처리를 하니 딱히 이상한 일은 아니다.

"아무래도 인맥 아니겠어요?"

"인맥이라."

"김대남 씨는 이쪽 업계에 발을 들인 지 얼마 안 돼서 잘 모르나 본데, 이름 있는 감독의 작품에 출연하고, 방송국의 황금 시간대에 출연을 하려면 인맥이 필요한 법이에요. 괜히 한국에서 혈연, 지연, 학연이 중요하다고 하겠어요? 뭐 이런 말은 방송분에서는 편집될 게 뻔하지만 정확한 현실이니 부정할 수도 없는 노릇이죠."

카메라 감독이 곤란한 표정을 지어 보였다. 고지원이 너무 솔직하게 대답을 했다. 그림이 좋게 나오기는 했지만 편집이 불가피한 장면이라고 생각하려는 찰나, 묵묵히 이야기를 듣고 있던 대남이 운을 띄웠다.

"맞습니다. 고지원 씨의 말대로 사업을 함에 있어 인맥은 중요한 연결 고리이죠. 하지만 제가 말한 대표의 덕목은 그것이 아닙니다."

"그럼 뭔데요, 인맥 말고 가장 중요한 게 뭐가 있다고."

"바로 앞을 내다볼 줄 아는 혜안입니다."

진 PD는 안도의 한숨을 내쉬었다. 대남의 말로 인해 편집점만 잘 찾는다면 본방송에도 쓸 만한 장면이 나올 것이었기 때문이다. 카메라 감독도 그런 의중을 읽은 것인지 대남의 모습을 줌인하기 시작했다.

"문화·예술 사업은 시대를 막론하고 변화를 꾀하고 있습니다. 언제까지 주먹구구식으로 일 처리가 진행되고 인맥을 통해 내정된 작품을 브라운관에 선정하는 일이 반복될 거라 생각하십니까. 작금의 증권가가 그러하듯, 앞으로 많은 업계가 시대의 돌풍 속에서 하루하루 달라지는 세상을 마주해야 할 겁니다."

"그래도 지금 당장 업계의 기득권층에 있는 기업들은 변화에 순응하지 않으려 들 텐데요. 오히려 자기네들끼리 더욱 결속력을 다지겠죠. 너무 꿈보다 해몽 아닌가."

"맞습니다. 카르텔은 더욱 커져 나갈 테고 지금이 아니면 걷

잡을 수 없을 정도가 되겠죠. 하지만 선두에 선 이가 생각을 달리 먹는다면 업계는 더욱 발전을 꾀할 수가 있을 겁니다. 그리고."

카메라는 대남의 입에 집중했다. 촬영장을 메운 스태프들과 조금 전까지 비아냥거렸던 고지원조차도 뒤이어 들려올 말에 귀를 기울였다.

이윽고 대남이 정면 카메라를 바라보며 선전포고를 하듯 말했다.

"저희 황금양이 그 선두가 될 겁니다."

"……!"

모두가 놀란 표정을 감추지 못하고 있는 가운데, 대남을 바라보는 고지원의 시선은 놀랍다 못해 열기가 타오르고 있었다.

연기가 좋아 배우 일을 시작했지만 이 바닥을 맨정신으로 견뎌내기란 힘들었다. 자기 자신을 지켜내기 위해서라도 더욱 까칠하고, 신경질적으로 변했는지도 모른다.

"만약 제가 황금양에 들어가겠다면 어떻게 하겠어요? 문화·예술 사업으로 발을 뻗치려면 분명 배우들도 포섭할 거니까, 당연히 나 같은 여배우를 소속 배우로 삼고 싶어 하겠죠."

"누, 누나……!"

고지원의 갑작스러운 발언에 촬영장 한편에서 지켜보고 있던 매니저가 놀라 소리쳤고, 진 PD의 얼굴도 가지각색으로 바뀌었다.

연이어 모두가 놀란 상황 속에서 고지원은 의기양양한 표정으로 팔짱을 끼고 있었다. 신생 기업에서 톱스타를 데려가기란 그야말로 불가능에 가까웠다. 분명 기적을 응접하는 일이니 대남이 엎드려 절을 하며 모셔가도 모자랄 판국이라 생각했다.

"내가 왜요?"

하지만 그런 고지원의 예상은 대남의 말로 인해 무참히 무너졌다. 스태프들 사이에선 웃음이 터져 나오는 걸 막으려는 이들도 있었고, 고지원은 표정 관리가 되지 않는 듯 이맛살을 거세게 찌푸렸다. 대남은 그런 고지원을 바라보며 말을 이었다.

"고지원 씨, 제가 말했지 않습니까. 대표에게 가장 필요한 덕목은 앞을 내다볼 줄 아는 혜안이라고."

"……."

진 PD는 이 장면을 본방송에 송출하지 못한다는 점이 너무나 안타까웠다. 그리고 대남의 말이 이어질수록 그간 고지원의 히스테리적인 성격에 당했던 나날들이 보상받는 기분마저 들었다.

녹화는 점입가경으로 접어들어, 촬영의 대미를 장식할 마지막 대남의 발언이 이어졌다.

"혜안으로 바라보건대, 고지원 씨는 롱런할 배우가 아닙니다."

진 PD는 편집실에서 녹화된 촬영분을 바라보며 마른 입술을 쓸었다. 첫 촬영에선 대남이 까탈스러운 고지원을 확실히 누르는 게 보였고, 마지막 촬영에선 문화·예술업계에서 찾아볼 수 없었던 파격적인 신생 기업 황금양에 대한 포문을 열었다.

"진 PD, 어때. 뽑아낼 게 많겠어?"

"많다 뿐이겠습니까."

"오, 그 정도야?"

옆 편집실에서 편집을 맡아 하고 있던 타 프로그램 선배 PD였다. '삶의 체험현장'은 파일럿 프로그램이었지만 영화배우 고지원과 일반인 블루칩 김대남의 출연으로 KBC 예능국 내에서도 큰 관심을 받고 있는 프로그램이었다.

선배 PD가 지나간 뒤에도 진 PD는 머리를 동여맨 채 고민을 거듭할 수밖에 없었다. 녹화 촬영된 장면 하나하나가 버리기 아까운 그림들의 연속이었기 때문이다.

남들은 편집실에서 고군분투해 가며 좋은 영상을 만들어내기 바쁜데, 진 PD의 입장에선 하나같이 전부 좋은 영상이니,

할애된 프로그램 시간 때문에 남은 영상들을 버려야 한다는 게 아까운 것이다.

얼마나 시간이 흘렀을까. 땅거미가 깔려 어두웠던 창밖 풍경이 어느새 새벽녘의 동이 트고 있었다. 아직도 편집할 영상들이 남아 있었지만, 일차적인 결과물만 바라봐도 진 PD의 입꼬리가 귀에 걸려 내려올 생각을 하지 않았다.

"행복하다."

진 PD는 미소를 머금은 채 낮게 말했다. 파일럿 프로그램에 사활을 걸어보겠다고 다짐했을 때만 해도 이토록 잘될 줄은 몰랐다.

아무래도 김대남이라는 일반인 덕분에 여기까지 온 것 같아 편집 영상 속에 보이는 대남이 귀인처럼 느껴질 정도였다.

"진 PD, 밤새운 거야?"

어젯밤 먼저 퇴근했던 선배 PD가 아침 출근을 하고 나서 아직도 편집실에 어제와 같은 복장으로 남아 있는 진 PD를 바라보며 혀를 내둘렀다. 진 PD는 그런 선배를 바라보며 짧게 고개를 끄덕여 보였다.

"이야, 이번에 대박 치는 거 아니야?"

"그 이······."

"뭐라는 거야, 일단 눈 좀 붙여."

진 PD는 피곤함에 못 이겨 눈을 감으며 말했다. 선배는 진

PD가 잠결에 헛소리를 하는가 싶어 웃어넘기며 자리를 비켜 줬다.

진 PD가 짐작하건대 대남이 이미 두 번의 생방송에 출연하며 대히트를 기록했지만, 이번만큼은 다른 방향으로 엄청난 파장을 불러일으킬 것이라 생각했다. 진 PD는 선배의 말에 뒤늦게 대답을 하며 단잠에 빠져들었다.

"······그 이상일 겁니다."

그리고 그의 예상대로, '삶의 체험현장' 첫 방영 날 황금양을 마주한 문화·예술업계가 요동쳤다.

'삶의 체험현장' 방영 첫날, KBC 예능국에서는 함께 모여 본 방송을 시청하고 있던 PD들이 기염을 토해내고 있었다.

충무로에서 톱스타 반열에 오른 여배우 고지원이 나온다는 사실을 알기에 방송의 진행이 얼마나 험난했을지 짐작하고 있던 바였다. 한데 웬걸, 시청률 블루칩으로 우대받던 일반인 출연자가 고지원을 쥐 잡듯 잡아내고 있었다.

"선배님, 이거 완전히 대박인데요······!"

"진 PD, 고지원이 때문에 죽겠다고 앓는 소리 하더니만, 방송본에서 김대남 씨가 저렇게 막아낼 정도면 비방용에서는 얼마나 대단했다는 거야. 아무리 대본이라지만 그 성격 고약한 고지원이가 말 한마디를 못 이기네."

"실제로는 더 대단했습니다."

진 PD의 말을 끝으로 PD들은 본방송에 집중했다. 고지원이 편집 업무를 도맡으며 본인의 능력을 과대평가해 갖가지 실수를 벌이는 모습은 실소를 머금게 했다.

촬영 현장에서 항상 히스테리적인 신경질을 부리던 고지원이 어쩔 줄 몰라 하며 당황하는 모습은 참신하다 못해 놀라웠다.

"자네가 편집실에서 일주일이 넘게 박혀 있던 게 십분 이해가 가네. 이 정도 영상을 뽑아내려면 도대체 얼마나 고민을 많이 했겠어. 이번에 정규로 승격이 되고도 남겠구만. 그런데 초반부터 이렇게 좋은 그림을 몰아넣어도 되겠어? 시작이 강렬하면 후반부에 가서 재미를 못 느낄 텐데."

"아직 시작도 안 했습니다."

"뭐……?"

'삶의 체험현장' 속 고지원과 대남의 모습은 다른 의미로 잘 어울렸다. 항상 카리스마 있고 기품 있는 배역을 맡는 여배우가 대남의 앞에서 눈에 띄게 긴장해 있었기 때문이다. 하지만 아직도 시작을 안 했다라, 그게 무슨 의미일까.

동료 PD들은 진 PD의 말에 의아한 표정이었다. 그 의문을 해소시켜 주려는 듯 진 PD가 곧장 말을 이었다.

"고지원이는 뒤에 나올 메인 메뉴의 애피타이저에 불과합니다."

천하의 고지원을 애피타이저에 비유해가며 말하는 진 PD의 모습에 동료들이 혀를 내둘렀다. 과연 녹화 촬영분이 어떠했기에 진 PD가 저리도 자신만만한 것일까.

이미 그는 '삶의 체험현장'이 파일럿 프로그램이라는 사실을 진즉에 잊은 듯했다. 오히려 앞으로 다가올 파장에 대한 기대감이 가득했다.

"어? 저긴 어디야."

본방송이 반가량 진행됐을 무렵, 누군가가 말했다. 그의 목소리 덕분에 모두의 이목이 다시 브라운관으로 쏠렸다. 진 PD는 그러한 이들을 보며 짐짓 뜸을 들이고는 말했다.

"황금양입니다."

황금양의 존재가 세상에 각인되었다. 특히 사옥의 내·외부 모습과 복지시설은 많은 사람의 이목을 끌었다. 또한 대남이 고지원에게 이력서 문제를 내고 인재를 찾는 방법을 말해주었을 때, 시청자들은 경악에 빠졌다.

"안녕하십니까, '연예가위클리'의 리포터 한소영입니다. 오늘은 세간의 화제가 된 황금양의 대표 김대남 씨를 만나러 왔습니다. 그럼 힘찬 박수와 함께 맞이해 주시길 바랍니다!"

"반갑습니다, 김대남입니다."

대남은 무수히도 많은 언론사의 인터뷰 요청을 받아야만 했다. 하나도 빠짐없이 취재에 응하다 보면 한 해가 지나가도 전부 소화하기 힘들기에 대중적인 언론 매체 한 곳을 선택하기로 마음먹었다.

그리고 그게 바로, 80년대 중반부터 KBC에서 연예계 소식을 전하던 '연예가위클리'였다.

"황금양의 사옥을 찾아오면서 눈이 휘둥그레질 수밖에 없던데요? 영화배우 고지원 씨가 '삶의 체험현장' 도중에 놀라는 모습이 과장이 아니라는 사실을 느꼈습니다. 김대남 대표께서는 이토록 고풍스러운 외관의 멋을 살린 이유가 있을까요? 언뜻 보면 문화재와도 같은 모습인데 말이죠."

"내부는 부식과 안전의 문제로 보수를 했지만 외관의 경우에는 유지 비용이 들더라도 옛것의 멋을 그대로 살리고 싶었습니다. 일제강점기 시절에 독립운동가셨던 건축가 최학웅 선생께서 지은 명건물이니 말입니다. 역사를 잊은 민족에게 미래는 없다고 하지 않습니까."

대남의 말에 리포터가 고개를 주억거렸다.

"지금 황금양은 사옥뿐만 아니라 최첨단 복지 시스템 덕분에도 많이 이름을 알렸는데, 이토록 복지에 신경을 쓰는 이유가 있는 건가요?"

"일단 직원들이 행복하게 일하기를 원했습니다. 이미 외국의 기업들은 직원들에 대한 복지 문화가 상당수 자리 잡고 있는 상태입니다. 하지만 대다수의 국내 기업은 복지는커녕, 업무 만족도가 떨어지는 것이 사실이죠. 더군다나 문화·예술업계는 사람들에게 화려한 볼거리를 제공하지만 정작 자신들은 고된 노동의 반복이니까 말입니다."

"마음 같아서는 저도 들어가고 싶은 회사네요. 솔직히 업계에서 이 정도로 연봉과 복지 혜택을 주는 회사는 전무한 거나 다름없으니 말입니다. 한데 다른 회사들의 입장에선 현재의 황금양이 후발 주자로서 과도한 무리를 하고 있다고 하던데 이 점에 관해서는 어떻게 생각하십니까?"

리포터의 물음에 대남은 짐짓 눈을 감았다. 황금양의 존재는 업계에 큰 충격을 선사했다. 기존의 기업 관행과 관례를 철폐시키듯 새로운 기틀을 쌓아 올리려는 황금양의 모습은 그야말로 지각변동을 일으키는 것처럼 보였으리라. 대남은 감았던 눈을 떠 보이고는 말했다.

"무리가 아닙니다. 기존의 기업들의 속사정까지야 제가 다 알지 못하지만 제가 행하고 있는 복지와 계약 조건들은 전부

무리 없이 이행 가능한 조건들입니다. 아, 다르게 생각할 수도 있겠군요."

"네?"

"후발 주자인 제가 과도한 무리를 하는 것이 아니라, 선발 주자인 그들이 과도한 이득을 보고 있는 것은 아닌가 말입니다."

"……!"

리포터가 놀란 얼굴로 대남을 바라봤다. '삶의 체험현장' 방송을 통해 거침없는 스타일의 성격이라는 것은 익히 느끼고 있었지만 실상 인터뷰를 나와 보니 실제 성격은 훨씬 더 담대했다.

대남의 나이가 불과 이십 대 초·중반이라는 사실이 믿기지 않았다. 대화만 나눠보면 문화·예술계에서 관록을 쌓은 중후한 대표의 느낌이 물씬 났다.

"이번에는 방송 관련한 질문인데요. '삶의 체험현장'을 통해 방영된 장면 중 영화배우 고지원 씨와 막역하게 대화를 나누는 모습이 많이 포착되었는데, 사적으로도 친한 사이십니까?"

"그럴 리가요."

"그럼……? 두 분 다 선남선녀, 혈기 왕성한 이십 대라 하는 질문입니다. 혹시 이성으로써 고지원 씨는 어떠신지?"

"제가 여자 취향은 확실해서, 이쯤 말해두죠."

리포터는 입가에 슬며시 미소를 띠어 보였다. 방송가에서는 이미 대남을 가리켜 시청률 블루칩이라 부르고 있었다.

연이어 생방송 대히트를 기록한 것도 모자라 파일럿 프로그램이었던 '삶의 체험현장'이 단번에 대박을 쳤으니 말이다. 리포터는 속으로 쾌재를 부르짖으며 질문을 이어 말했다.

"그럼 다음 질문으로 넘어가 보죠. 황금양의 대표로서 언제쯤 대중에게 황금양이 시행하는 사업의 첫 모습을 비출 수 있을까요? 한때 국민 천재라 불렸던 김대남 씨가 하는 사업이라 지켜보는 눈이 많습니다."

"방송상에서 밝혔다시피 첫 번째 사업은 영화 배급이 될 것입니다. 영화를 좋아하시는 관객들에게 보다 풍부한 볼거리를 제공할 생각입니다. 이미 진행 중인 해외 작품들의 배급 계약이 막바지 조율 단계에 있으니 말입니다. 첫 번째 타자는 머지않아서 만나보실 수 있을 겁니다."

"대표님께서 그렇게 말하니 기대가 안 될 수가 없군요. 작품의 제목을 물어봐도 될까요?"

리포터의 물음에 대남은 짐짓 뜸을 들이다 카메라를 바라보며 말했다.

"'사랑 안에 블랙홀(Groundhog Day)'입니다."

인터뷰 중간 쉬는 시간 동안 리포터와 카메라맨은 힐끔힐끔 사옥 내부를 살피기 바빴다.

"이런 곳에서 일하면 확실히 일할 맛이 나겠어요."

리포터의 말에 카메라맨이 고개를 끄덕이는 것으로 대답을 대신했다. 화려한 방송가에서도 흔하게 볼 수 없는 황금양의 모습은 그야말로 하나의 작품을 방불케 했다.

그렇게 두 사람이 감상에 젖어 있을 무렵, 대남이 모습을 드러냈다.

"어떠십니까, 쉬시는 데 불편한 점은 없으시고요?"

"아유, 웬만한 호텔 못지않은데요. 그리고 이렇게 직원들을 위해 이런 멋진 카페까지 입점해 있다니 진짜 방송국 일만 아니었으면 저도 재취업하고 싶을 정도네요. 그런데 대표님께서는 왜 영화 배급을 첫 번째 사업으로 정하신 건지 여쭤봐도 될까요? 물론 오프더레코드로요. 솔직히 전 방송국과 관련된 일을 하실 줄 알았거든요."

리포터의 은근한 물음에 굳이 대답 못 할 이유도 없었기에 대남이 입을 뗐다.

"돈이 되니까요."

영화 배급은 대남이 첫 번째로 정한 사업 타깃이었다. 짧은 기간 내에 상업이윤을 남기면서 황금양이 성장할 수 있도록 도약의 발판을 만들 수 있는 최적의 사업이었기 때문이다.

현재 국내는 UIP와 몇 곳을 제외하고는 영세한 배급사들이 주류를 이루고 있었다. 아직까지 대기업의 손길이 닿지 않은 시장의 영역이었고, 작품의 재미와 흥행을 기준으로 성공 여부가 따져졌다.

이윽고 취재가 다시 시작되었다.

"타임리프물이라는 생소한 주제로 발돋움을 시작한 황금양의 미래가 정말 궁금한데요. 굳이 이렇게 알려지지 않은 주제의 영화 배급을 결심한 이유가 있으신가요?"

리포터가 염려를 표했다. 과거 극장가의 주류를 이루었던 작품들은 홍콩 영화들을 비롯해 마초적인 분위기의 외화들이었다.

하지만 구십 년대에 접어들면서 영화의 기류가 조금씩 바뀌어 나가기 시작했다. 아무도 성공을 장담하지 못했던 '나 홀로 집에'가 시리즈로 대박을 터뜨렸고 멜로물인 '보디가드' 또한 흥행을 기록했다.

"리포터님께서는 코미디나 드라마를 볼 때 어느 장면에서 감탄을 터뜨리십니까?"

"음, 아무래도 생각지 못했던 부분이겠죠. 신파 드라마를 보더라도 예상하지 못했던 장면이 나오면 절로 감탄이 나오니까요."

'사랑 안에 블랙홀'은 하루가 계속해서 반복되는 타임리프를 소재로 한 멜로 영화였다.

첨언하자면 아직까지 대한민국의 관객들에게는 익숙한 소재가 아니었기에 그만큼 위험부담이 따르긴 했지만, 그래서 오히려 이 영화의 배급 계약을 따내는 데 주력했던 대남이다.

"맞습니다. 언제나 의외성이 사람들에게 놀라움을 주게 마련입니다. 그리고 전 이번 영화를 통해 대한민국 극장가에 기적을 불러일으킬 생각입니다."

"기적이라, 포부가 대단하십니다. 배급 시사회가 머지않았다고 들었는데 과연 어떤 평가가 내려질지 궁금하군요. 현재 업계에서는 대표님의 행동을 가리켜 너무 막무가내식 투자라는 말도 나오고 있습니다. 이와 관련해서는 어떻게 생각하시나요?"

영화 배급계에서는 대남의 행동을 두고 무모한 짓이라고 비난했다. 배급업에 대해서는 문외한이나 다름없을 거라 생각되는 대남이 현시점의 관객들에게 생소하다 못해 동떨어진 타임리프라는 주제를 들고 왔으니 말이다.

기존의 홍콩 영화들 또한 계약 체결에 있어서는 힘들기가 마찬가지겠지만, 이건 너무 무모한 도전이었다. 하지만 대남은 도리어 그들을 향해 조소를 날리듯 입가에 미소를 머금은 채 말했다.

"모험을 하지 않는 이들은 항상 안주하죠. 더군다나 아직 극장가의 배급 사업은 작은 상자 안에 갇혀 있는 신세이고요. 배급사가 작품을 고를 때 좀 더 새로운 시선으로 바라봐야 좋은 작품을 관객에게 선보일 수 있게 마련입니다"

대남의 말에 리포터가 침을 삼켰다. 그 모습은 카메라 안에 생생히 담기고 있었다. 이윽고 리포터가 취재의 대미를 장식할 마지막 질문을 하기 위해 운을 떼웠다.

"그럼 마지막으로 묻겠습니다. '사랑 안에 블랙홀'이라, 대표님께서는 흥행을 보장할 수 있다고 생각하시나요?"

리포터의 질문에 대남은 한 치의 망설임도 없이 대답했다.

"전 승산이 없는 싸움에는 베팅하지 않습니다."

대남의 인터뷰가 '연예가위클리'를 통해 방영되자, 잠잠하던 문화·예술계가 휘몰아치는 풍랑을 맞이한 것처럼 요동쳤다.

일찍이 '삶의 체험현장'을 통해 황금양의 모습이 만천하에 여실히 드러났고, 첫 번째 사업인 '영화 배급'에 관해서 관계자들의 관심이 집중되었다.

"황금양? 이건 또 무슨 회사야."

UIP 한국 지사를 맡고 있는 김영훈 사장은 아침나절부터 신문을 장식한 헤드라인을 바라보며 눈을 가늘게 떴다.

다국적 영화 배급사인 UIP가 한국에 둥지를 틀 때만 해도 국내의 영화업계와 큰 충돌이 일어났었다. 하지만 몇 년이 흘러 배급업계를 UIP가 장악해 안정시켰다고 해도 과언이 아닌 이 시점에, 신생 배급사의 출현이라 썩 달갑지만은 않았다.

김 사장의 심기를 읽은 것인지 보고를 위해 찾았던 곽 부장이 서둘러 말했다.

"국내 출판업계에서 선두 진열에 진입한 금양출판의 형제 회사라고 보시면 될 듯합니다. 공동 사장으로 금양출판의 사장 김대철의 이름이 올라 있기는 하지만, 실질적인 업무의 총책 역할은 그의 아들 김대남이 맡았다고 생각하시면 됩니다."

"이 바닥도 얼마나 만만해 보였으면 그런 어린놈이 저렇게 언론에 대문짝만하게 홍보를 해가면서 뛰어드는 거야? 그런데 '사랑 안에 블랙홀'? 이건 또 무슨 영화야?"

"할리우드 배우 빌 멀레이가 등장하는 멜로물입니다. 한국 시장과는 맞지 않는 주제를 선정한 영화라 저희 쪽에서는 일단 국내 배급을 만류하고 있는 상태입니다. 현 극장가의 상황을 살펴보면 결단코 흥행할 수가 없는 영화입니다."

"별 시답잖은 것들, 뭘 좀 알고 진행하든가 하지. 김대남이라, 그 친구 젊어서부터 큰 홍역을 치르겠어."

김 사장은 입가에 가득 비웃음을 머금은 채 혀를 찼다. 그의 시선이 닿은 곳에는 신문 속 대남의 얼굴이 있었다.

지금 김 사장의 눈에 비친 대남의 모습은 그야말로 풍전등화 속 등불이나 다름없을 터. 저놈에게 다가올 악몽 같은 시간을 고대하며 김 사장은 소파에 몸을 깊숙이 기대었다.

"김대남 씨는 어떤 사람인가요?"

"일에 있어서는 완벽주의에 가까운 사람이죠."

고지원의 말에 카메라가 줌인 되어 그녀의 모습을 포착했다. '삶의 체험현장'에서의 그림을 생각한다면 둘 사이에 좋은 감정이 있을 리 만무할 거라는 기자들의 예상과 달리 고지원의 입 밖으로는 의외의 단어가 튀어나왔다.

"구체적으로 어떤 점이 좋으셨나요? 방송상에서는 두 분 사이에 꽤나 신경전이 오가는 듯한 모습이 비쳤었는데요."

"그 점에 관해서는 부정을 하지 못하겠군요. 김대남 씨가 워낙 고리타분하고 원리 원칙을 지키는 사람이라 저하곤 맞지 않는 부분이 있었지만 그 외의 업무적 능력을 따져보면 이 바닥에선 쉽게 찾아볼 수 있는 사람은 아니죠."

"공과 사는 구별이 확실하다고 알려진 고지원 씨가 그렇게 말씀하시니 놀라운데요. 일전에 김대남 씨께서는 '연예가위클리'를 통해 고지원 씨에게 사적인 감정은 없다는 식의 답변을 하셨었는데 지원 씨의 얘기 또한 안 들어볼 수가 없겠죠?"

기자는 능글맞은 표정으로 그렇게 물었다. 지금 언론은 황금양과 김대남에 관한 이야기로 장식되고 있었다. 더 이상 김대남 쪽과의 인터뷰는 무리였지만 기획사 로비를 통해 부랴부랴 고지원과의 취재를 잡았다. 여기서 특종을 얻어내야만 했다.

"글쎄요, 저도 남자 취향은 확실해서. 그렇지만 황금양의 대표 김대남 씨가 매력 있는 건 사실이죠."

"애매모호한 대답이네요. 그렇다면 마지막으로 여쭤보겠습니다. 현재 황금양에서 진행 중인 영화 배급 사업은 추후 어떻게 될 것 같습니까? 국내 배급사 측에서는 성공이 힘들 것 같다는 의견이 지배적인데 말입니다. 영화배우의 관점에서 보았을 때 외화 '사랑 안에 블랙홀'이 성공을 이룰 것 같나요?"

"뛰어난 재주를 가진 남자이니 성공할 거라고 봅니다. 하지만 개인적으로는."

고지원은 머릿속으로 황금양에서의 마지막 녹화 촬영을 떠올렸다. 자신을 향해 롱런할 자격이 없는 배우라고 소리쳤던 그의 모습이 잠깐이나마 스쳐 지나갔다. 이윽고 고지원이 입가에 가득 알 수 없는 미소를 띠어 보이며 말했다.

"망했으면 좋겠네요."

[UIP 배급, 황금양 배급의 '사랑 안에 블랙홀' 안타깝지만 성적 저조할 것으로 예상.]

[영화배우 고지원, '사랑 안에 블랙홀'을 두고 혹평.]

[황금양 첫 번째 영화 배급의 흥망성쇠는?]

UIP 관계자와 고지원의 말이 혼용되어 각종 언론을 도배했다. 마치 황금양의 첫 번째 사업이 미끄러지기라도 바라는 듯한 기사들의 제목은 대중의 관심과 이목을 쏠리게 했다. 대남은 그런 기사들을 내려다보며 오히려 미소 지었다.

"오히려 이득인데요, 안 그렇습니까? 이렇게 가만있어도 홍보해 주니 '사랑 안에 블랙홀'을 몰랐던 대중조차도 기사를 보고 알게 되지 않겠습니까."

대남의 말처럼 '사랑 안에 블랙홀'의 흥망성쇠는 마치 기존의 배급사들과 전문가들을 향한 대결 구도처럼 이루어져 보는 재미가 쏠쏠했다.

더군다나 덕분에 딱히 홍보에 열을 올릴 필요도 없었다. 자연스럽게 대중의 시선이 황금양의 첫 번째 배급 작품 '사랑 안에 블랙홀'로 모아졌으니 말이다.

대남은 눈앞의 배 상무를 바라보았다.

"배 상무가 생각하기에는 어떻습니까."

대남의 말에 배 상무가 고민을 거듭했다. 그는 국내 굴지의 배급업계에서 오랫동안 몸담고 있었던 실권자였다.

다만 UIP가 한국에 둥지를 틀게 되면서 힘을 잃고 업계를 정리했던 일인이었다. 배 상무가 쉽사리 말을 잇지 못하자 대남이 다시 운을 띄웠다.

"이미 타 배급사와 영화계 관계자들은 저희 황금양이 망했으면 하는 시선으로 바라보고 있습니다. 아무래도 첫술에 배부를 수 없다는 것을 깨닫게 해주고 싶은 마음이겠죠. 더불어 제가 방송에 나가 자기네 업계를 부정적으로 몰았다고 생각할 테니 더욱 배타적인 입장일 겁니다."

"……."

"이러한 상황 속에서 저희 황금양은 어떤 자세를 취해야 할까요. 배 상무는 많은 혜택을 받고 황금양으로 들어온 인재입니다. 제가 임의로 지시를 내리기보단 소통을 통해 앞날을 정하고 싶군요."

침 삼키는 소리만이 가득한 장내에 이윽고 배 상무가 입을 열었다.

"대표님, 저는 대한배급에서 오랫동안 경력을 쌓았던 사람입니다. 다른 사람은 몰라도 현장에 있었던 저로서는 UIP의 무서움을 뼈저리게 알고 있습니다. 일찍이 UIP가 한국 지사를 냈을 무렵 국내 배급업계와 막강한 힘 싸움을 했었습니다. 하지만 굴러온 돌이 박힌 돌을 빼낸다고, 결국 국내 배급업계는

UIP에 의해 두 손, 두 발 다 드는 지경에 이르게 되었죠. 한마디로 지금 배급업계의 호랑이는 다름 아닌 UIP입니다. 그들이 건들지 않은 영화는 흥행을 하지 않는다는 말이 있을 정도니까요. 저희는 먼저 '사랑 안에 블랙홀'이 흥행 실패할 가능성을 염두에 둬야 한다고 생각합니다."

배 상무는 말을 하면서도 얼굴에 곤란한 기색이 가득했다.

현실을 직시했을 때 사실 상무의 말도 일리가 있었다. 일찍이 극장업계는 美직배 영화업계와 고된 줄다리기를 했지만 결국 패하고 말았다.

UIP 한국 지사 측에서 '사랑 안에 블랙홀'을 눈독 들이지 않았다는 것은 그만큼 국내에서 흥행할 요소가 적은 작품이라는 뜻이었다.

"또 하실 말은 없습니까."

"……첨언하자면 저희 황금양이 시세 대비 적은 가격에 영화를 수입해 오기는 했지만, 기업의 규모를 생각해 보았을 때는 큰 지출이나 다름없습니다. 한마디로 첫걸음부터 헛디딜 경우 다음부터는 위태위태한 입장에서 사업을 진행해야 될 겁니다."

배 상무는 황금양마저도 대한배급처럼 무너질까 불안감이 엄습한 듯했다. 각종 언론에서 황금양을 향해 가십적인 기사가 쓰이고 있는 상황이었으니 말이다.

하지만 대남은 도리어 고개를 저어 보이며 말했다.

"배 상무가 배급업계에서 오랫동안 경력을 쌓아온 실권자라는 사실을 부정하려는 건 아닙니다. 다만 UIP의 동향을 살펴보았을 때 그들은 한국 내에 관객들의 입맛에 맞추어 영화를 수입하는 것뿐이지, 작품의 가치 유무를 따지지는 않습니다. 이러한 사업 방식으로는 흥행은 할 수 있을지 모르나 궁극적인 발전을 꾀할 수는 없다는 것을 알아야 합니다."

"궁극적인 발전이라, 허울 좋은 말이 아닙니까. 설령 작품성이 인정받는다고 해서 꼭 흥행을 하리라는 보장은 없습니다. 오히려 그 반대의 경우를 부지기수로 봐왔고 확률적으로 봐도 일반적인 흥미 위주의 영화보다 작품성 있는 영화가 성공할 확률은 손에 꼽을 정도입니다."

배 상무는 대남이 힘겹게 데리고 온 인재였다. 국내 배급업계가 한 번 망하는 것을 목격한 이로서 더 이상 이 바닥에는 발을 들여놓지 않으려 했던 이다.

이번 '사랑 안에 블랙홀'을 수입할 때도 그가 두 손을 들고 반대를 표명했었다. 대남은 불안해하는 배 상무를 바라보며 말했다.

"그럼 저와 내기를 하시죠."

"내기 말입니까……?"

"사실 임원들 내에서도 '사랑 안에 블랙홀'이 흥행할지 말지에 관해 말이 많으니, 만약 '사랑 안에 블랙홀'이 흥행을 하지 못할 경우 차후 작품 배급에 관해서는 전적으로 배 상무의 말을 따르겠습니다."

대남의 호기로운 말에 배 상무는 놀라움을 금치 못했다. 사실상 황금양은 대남이 독자적으로 꾸린 회사나 마찬가지기에 사실 독불장군처럼 행동한다 해도 막을 이가 없었다.

한데 저렇게 몸소 자세를 낮추면서까지 자신과의 접점을 찾으려 하니 놀라울 수밖에.

"배 상무, 난 이번 도전이 실패할 거라 생각하지 않습니다. 오히려 황금양이 앞으로 더욱 전진할 수 있는 도약의 발판이 될 겁니다."

배 상무을 바라보는 대남의 두 눈동자는 성공할 거라는 확신에 차 있었다.

배급 시사회 당일, 영화계 관계자들이 서울극장으로 모여들었다. 대한민국 전역의 배급을 결정짓는 문제였기에 작품 평가는 당연한 것이었다. 더불어 대남을 취재하기 위한 기자들의 행렬 또한 서울극장 앞에 인산인해를 이루었다.

대남은 시사회를 하기에 앞서 간단한 기자회견을 가졌다.

본래는 배급 시사회 날 이런 기자회견이 벌어지는 경우가 드물었으나, 세간의 관심을 끈 작품이니만큼 기자회견이 당연시되었다.

"김대남 대표께서는 이번 작품에 관해서 어떻게 보십니까. 오늘 일차적인 성공의 여부가 갈린다고 해도 과언이 아닌데 말입니다. 긴장은 안 되시나요?"

"긴장의 유무는 자신감에서 비롯되는 게 아닐까 싶네요."

대남의 대답에 기자들이 탄성을 내질렀다. 긴장의 흔적이 역력할 줄 알았던 대남의 얼굴에선 여유로움만이 가득했다. 오히려 황금양 임원진의 얼굴에 초조한 기색이 가득 드리워져 있었다.

"영화인들의 말에 따르면 '사랑 안에 블랙홀'은 처참히 흥행에 실패할 거라는 의견이 지배적인데 말입니다."

"아직 카드를 까지도 않았는데 섣불리 판단하는 건 초짜들이나 하는 짓이죠. 전 확신합니다. 다가오는 가을이 황금양에게 있어선 수확의 계절이 될 거라는 사실을요."

"대표님께서 자신만만하신데, '사랑 안에 블랙홀'이 국내에서 성공할 거라고 확신하시는 건가요?"

"성공할 겁니다."

대남은 뒷말을 삼켰다. 기자들은 대남의 오묘한 미소를 카메라에 담기 바빴다.

과연 저 미소가 승리를 예측한 미소가 될지, 아니면 이미 망연자실함에서 비롯된 실소로 남을지 아직은 판단이 불가능한 가운데, 관계자들이 날 선 눈동자를 한 채 극장 안으로 들어가기 시작했다.

대남은 그들의 행렬을 바라보며 오직 자신만이 들을 수 있게끔 말을 이었다.

"……미래를 봤기 때문이죠."

- 2장 -

수확의 계절

"임건택 감독님은 베니스 영화제에서 수상하신 이력도 있으시고, 이미 국내 영화계에서 굵직한 다수의 작품을 통해 아주 굳건한 위치에 오르셨는데요. 거장의 눈으로 보셨을 때 '사랑 안에 블랙홀'은 어떠했는지 감상평을 여쭤보고 싶습니다."

　기자의 물음에 임건택 감독이 자신의 턱수염을 어루만졌다. 그는 한평생을 영화계에서 몸 바쳐 일했다고 해도 과언이 아닌 거장 중의 거장이었다. 그의 입김 한 번이면 충무로에서 성사되지 않는 일이 없을 정도였으니 말이다.

　임건택은 어린아이같이 호기심 가득한 눈동자로 자신을 바라보는 기자를 향해 말했다.

　"재미있었습니다. 그리고 부럽군요."

　"어떠한 점이……?"

"국내에서는 투자자들의 반발로 인해 시험하기 힘든 주제를 가지고 외국에서는 저토록 재미있게 꾸며냈다는 사실이 말입니다. 한 해에도 수많은 외화가 국내 극장가를 통해 수입되지만 만약 '사랑 안에 블랙홀' 같은 작품들이 연이어 유입된다면……"

임건택은 짐짓 눈을 감았다 뜨고는 주먹을 불끈 쥐어 보이며 말을 이었다.

"충무로는 더 이상 그 입지를 잃을지도 모릅니다."

한국 영화계 거장 임건택 감독의 발언으로 인해 '사랑 안에 블랙홀'은 새로운 국면을 맞이하게 되었다. 더욱이 배급 시사회를 끝마친 뒤 연이어 이어진 영화계 관계자들의 호평은 말 그대로 대박의 전운을 감싸 안게 했다.

"'영화가 간다' 말입니까."

대남은 뜻밖의 제안에 고개를 주억거렸다. MBS 시사·교양국 측에서 진행하고 있는 '영화가 간다'라는 프로그램에 패널로 참석해 줬으면 좋겠다는 제안이었다.

출연만 해준다면 앞으로 황금양에서 배급하는 외화들의 홍보는 물론이고, 앞으로 황금양이 펼치는 문화·예술 사업과

MBS 측이 적극적인 공조 관계를 맺겠다는 내용이었다.

"MBS 간판 아나운서인 김영화 씨와 영화계 거물들이 나오는 프로그램입니다. 만약 김대남 대표님께서 나와주신다면 저희로서는 더할 나위 없는 영광 아니겠습니까. 지금 충무로에서 웬만한 톱배우들보다도 대표님을 향해 시선이 집중되어 있으니까요."

'영화가 간다'의 기획 PD 장호진은 황금양을 찾아오면서 먼저 그 규모에 놀랐다. 일찍이 방송국 생활을 하면서 영화사 혹은 기획사들을 수차례 방문해 봤지만 이토록 잘 정비된 사옥을 찾기란 힘들었다. 더군다나 자유분방한 내규 문화는 영화 속에서 보았던 외국 회사들을 방불케 했다.

"제가 나간다고 해서 도움이 되는 게 있겠습니까. 어차피 시청률적인 건 앞선 생방송 프로그램들과 예능 프로그램을 먼저 나간 터라 더 이상 희소성이 없을 텐데요."

"아닙니다. 대표님께서 간과하시는 부분이 있습니다. 노태후 정권이 들어서면서부터 외화들이 본격적으로 수입되기 시작했고 영화업계가 더욱 성장을 하고 있습니다. 지금 저희 MBS에서 주최하고 있는 영화 프로그램은 말 그대로 국내 영화인들이 벌이는 토론의 장입니다. 그 가운데 가장 핫한 인물이 바로 김대남 대표님이십니다. 그리고 또……."

"장 PD님께서는 아무래도 숨기시는 게 있는 것 같군요."

갑작스러운 대남의 말에 장 PD의 얼굴에 땀방울이 흘러내렸다. 일찍이 법률 생방송을 통해 대남은 시청률 보증수표라는 사실을 확실하게 입증한 뒤였다.

더욱이 지금 황금양이 영화 배급에 뛰어들었고, 김대남은 그러한 소용돌이 속 중심에 선 인물이었다. 어떻게 해서든 섭외만 할 수 있다면 대박은 기정사실이었다.

"장 PD님의 말대로 영화업계는 성장을 했지만 국내 영화인들의 볼멘소리도 끊이지 않고 있는 시점입니다. 각종 외화의 수입으로 인해 국내 관객들의 시선이 점차 국내 영화에서 벗어나고 있기 때문이죠. 이러한 상황 속에서 외화 배급사 대표인 저한테 국내 영화인들이 나온 프로그램에 나가라는 말은 한마디로 집중포화를 당해보란 이야기 아닙니까?"

"그, 그건……."

"물론 장 PD님께서도 편향적으로 시청률만을 생각해서 저를 섭외하려는 까닭은 아니실 테지요."

대남의 말이 점차 이어질수록 장 PD는 속내를 들킨 것 같아 어쩔 줄 몰라 했다. 대남은 맞은편에 앉아 있는 장 PD를 지그시 바라봤다.

아무래도 장 PD는 한 기업의 대표이긴 하나 외관상으로 아직 20대에 불과한 대남을 조금은 쉽게 생각한 듯했다. 이윽고 대남은 팔짱을 낀 채 소파에 몸을 기대며 말했다.

"출연하겠습니다. 단."

"……!"

장 PD는 안도의 한숨을 내쉬었다. '사랑 안에 블랙홀' 국내 개봉일이 얼마 남지 않은 시점에 방송 출연을 한 번 더 하는 것은 홍보 효과 면에서 나쁘지 않은 제안이었다.

모름지기 사업자라면 득과 실에 따라서 움직이는 것이 옳았다. 다만, 이대로 방송상에 출연하게 된다면 프로그램 설정상 자신에게 유리하지는 않을 터. 대남은 침을 꿀꺽 삼키는 장 PD를 향해 운을 띄웠다.

"계약 조건을 변경하겠습니다."

영화 프로그램의 출연 승낙이 있고 얼마 뒤, 황금양으로 MBS 방송국의 유 작가가 찾아왔다. 방송국 생활을 오래 한 작가였지만, 그녀 또한 장 PD가 처음 황금양을 찾아왔을 때와 마찬가지로 휘둥그레진 두 눈동자로 연신 사옥 내부를 살피기 바빴다.

"아, 죄송합니다. 사옥이 너무 멋져서 저도 모르게 심취해 있었네요."

"괜찮습니다. 저희 사옥을 좋게 봐주시니 저로서야 영광이죠."

대남은 입가에 미소를 머금은 채 그녀를 안내했다. 곧이어 테이블을 마주한 채 앉은 두 사람이 본격적으로 프로그램에 관한 이야기를 나누기 시작했다.

"저희 프로그램은 이미 국내 굴지의 영화사 대표님들은 물론이고 유명 영화인들이 나와 얼굴을 비쳤습니다. 다들 자기들이 품고 있는 영화 시장의 생각을 말하는 장이죠. 사실 몇 년 전부터 영화업계가 상당수 규모가 커지다 보니, 저희 프로그램도 덩달아 인기가 급상승했고요."

'영화가 간다'는 MBS 시사·교양국의 장수 프로그램 중 하나였다. 다만, 이전까지만 해도 영화판이 국내 영화에 집약되어 있었기에 그다지 큰 인기를 보지 못했는데, 외화들이 연거푸 수입되어 오고 극장가가 활성화를 띄다 보니 시너지 효과를 일으켜 시청률과 인기가 올라가고 있었다.

"절 섭외하려는 이유를 물어봐도 되겠습니까? 장호진 PD야 시청률을 생각해 저에게 제안하셨다고 하지만 실질적인 프로그램의 구도를 만드는 작가님께서는 생각이 다르실 것 같아서요."

"불과 십여 년 전만 해도 홍콩 영화가 극장가의 주류를 이루었죠. 십 년이 흐른 지금은 할리우드에서 수입되어 온 외화들이 인기를 얻고 있는 추세이고요. 이대로 가다 보면 국내 영화

시장은, 임건택 감독의 말처럼 충무로는 더 이상 입지를 잃을지도 몰라요."

"……."

"시사·교양국의 작가이기 이전에 영화를 사랑하는 한 사람의 관객으로서 국내 영화가 흥행했으면 좋겠어요. 그리고 전이러한 답답한 국내 영화 판도의 숨통을 틔게 해줄 사람이 바로 김대남 대표님이라고 생각했습니다."

유 작가는 허심탄회하게 모든 것을 말하듯 말을 이었다.

"일차적으로 국내 영화사들은 물론이고 배급사들조차도 제대로 된 사업 체계를 가지고 있지 않아요. 주먹구구식으로 일 처리를 하고 인건비와 제작비를 줄이기에 열을 올리기 바쁘죠. 어떻게 보면 지난 세월이 격동의 시대였고 영화를 제작하기에는 한없이 힘들었던 시절이었기에 그런 관습과 관행이 쌓아 올려졌다고 생각해요. 한데 이번 '삶의 체험현장'을 통해 방영된 황금양의 모습을 보고 그저 놀랄 수밖에 없었어요. 제가 질문 하나 드리겠습니다."

"……."

"김대남 대표님께선 앞으로 국내 영화가 발전을 꾀할 수 있다고 생각하시나요?"

유 작가의 물음에 대남은 현 영화계 상황을 한 번 생각해 보고는 막힘없이 말했다.

"이미 충무로에는 신인 감독들이 대거 등장하고 있는 추세입니다. 만약 그들을 뒷받침해 줄 만한 재정적 여유가 나타난다면 우리 영화가 외화를 따라잡는 것은 요원한 일이 아닐 테죠. 하지만 이대로 안주하게 된다면 끝없이도 추락을 반복할 겁니다."

유 작가는 예상했던 답변이었는지 고개를 짧게 끄덕여 보였다. 그러고는 곧이어 또 다른 질문을 하기 위해 입을 열었다.

"김대남 대표님께서는 사법 고시에 수석 합격하시고 이제는 황금양이라는 배급사의 대표 자리까지 오르게 되셨습니다. '삶의 체험현장'을 통해 밝히신 포부대로라면 일 년 안에 확실한 성과를 보여주겠다 공표하셨는데, 지금으로선 '사랑 안에 블랙홀'이 흥행 가능성이 확실시되니 가능한 이야기 같습니다. 안 그렇습니까?"

"제가 일 년 안에 확실한 성과를 보여주겠다 말한 건 '사랑 안에 블랙홀'을 염두에 두고 한 말이 아닙니다. '사랑 안에 블랙홀'이 성공할 줄은 이미 알고 있었으니까요."

"……!"

유 작가의 볼 가가 씰룩였다. 대남을 바라보는 그녀의 눈꼬리는 묘하게 휘어져 있었다. 영화 프로그램의 선임 작가 역할을 해오면서 여태껏 수많은 영화계 관계자를 만나봤지만 이토록 대담한 이는 처음이었다.

나이가 어려서 대담한 것일까, 아니면 정말 언론에서 말하는 것처럼 불세출의 천재인 것일까. 궁금증이 더해가는 가운데 유 작가가 재차 질문했다.

"그렇다면 '사랑 안에 블랙홀'이 성공을 거둔다고 하더라도, 아직 황금양에서 보여줄 히든카드는 남아 있다는 말인가요?"

"배급 수입을 통해 흥행을 기록한다면 기업적인 측면에서는 많은 수입을 거둘 수 있겠죠. 하지만 제가 원하는 궁극적인 목표는 그것이 아닙니다. 침체되어 있던 문화·예술계가 한 발자국 도약할 수 있도록 만들어주는 것이 황금양의 이념입니다. 금양출판이 탄압되어 오던 출판 시장을 타개한 것처럼 말이죠."

"정말 놀랍군요. 일전에 법률 생방송을 통해 대남 씨와 인터뷰를 한 자료가 시사·교양국에 남아 있어 살펴보았는데 그중에서도 어느 정도는 과장된 부분이 있겠거니 생각했었어요. 그런데 실제로 만나보니 그 위상이 거짓이 아니었네요."

대남의 호쾌한 언행은 이미 방송국 내에서도 유명한 일화로 자리매김했다. 취재를 나간 작가들마다 대남의 모습에 반하지 않았는가. 여기 이 자리에 있는 자신 또한 마찬가지였다.

"그런데 특이한 조건을 내거셨더군요. 장 PD의 말에 따르면 이번 회 출연자들의 목록을 대표님께서 직접 선정하셨다고 들었습니다. 대부분이 영화계에서 입지가 혁혁한 배우와 감독분들이신데 원래 안면이 있는 사이인가요?"

대남은 장 PD와 계약 조건을 변경하면서 가장 첫 번째로 두었던 것이 바로 출연진이었다. 애초에 영화인들이 나오는 프로그램이만큼, 일반인이 아닌 감독과 배우들이 주를 이루었다. 유 작가의 물음에 대남은 고개를 저어 보였다.

"일면식 없는 분들입니다."

"아, 그럼 평소에 이분들의 팬이셨던 겁니까?"

유 작가가 재차 물어보았지만 대남은 또다시 고개를 저어 보였다.

"그럼 왜……?"

"황금양은 문화·예술계 전반적인 사업 확장을 위해 꾸린 회사입니다. 그렇기에 앞으로 배우들 충원은 물론이고 충무로의 감독 중에 눈여겨볼 만한 분들은 저희 황금양에서 투자와 후원을 아낌없이 하고 싶습니다."

"그렇다는 말씀인즉……."

유 작가는 자신의 손에 들린 출연자 명단을 내려다보았다. 바로 영화인들 사이에서 유명한 배우들과 자타가 알아주는 명감독들이다.

장 PD가 구슬땀을 흘려가며 섭외에 진을 뺐던 인물들이었다. 유 작가는 자신이 생각하고 있는 것이 맞는 것인지 고개를 들어 대남을 쳐다봤다. 그 모습에 대남이 흡족한 미소를 지어 보이며 말했다.

"공개된 방송 촬영장에서, 그들을 스카우트할 겁니다."

대남의 과감한 언행에 유 작가는 놀라 헛바람을 집어삼켰다.

그녀는 그제야 깨달을 수 있었다. 자신이 오늘 인터뷰를 하러 온 상대는 앞으로 대한민국 영화계에 미증유의 사건을 불러일으킬 장본인이라는 사실을 말이다.

유 작가의 볼이 상기되기 시작했다. 그동안 겪어 보지 못했던 일련의 일들이 펼쳐질 걸 생각하니 심장이 거세게 뛰었다.

"방송 작가를 하기 이전에, 영화 대본을 집필했던 시나리오 작가로서 지금 김대남 대표님 얘기를 들으니 엄청나게 기대가 되네요. 대한민국 영화계는 에로와 신파극으로 점철되어 이미 그 기틀이 무너졌다고 해도 과언이 아닙니다. 극소수의 감독님들이 고군분투하고 있지만 투자자들이 발을 돌렸으니 사실상 회복은 불가능한 상태죠."

"……"

영화 프로그램을 위해 준비했던 인터뷰는 어느새 유 작가의 사심이 가득 담긴 자리가 되었다.

그녀는 대남의 입에 집중하며 침을 삼켰다. 목구멍 사이로 침 삼키는 소리만이 가득한 그 순간, 대남이 자세를 고쳐 앉으며 말문을 열었다.

"유 작가의 말대로라면 국내 영화계에는 더 이상 희망이 없는 거겠죠. 하지만 만약 침체된 국내 영화계를 회복시킬 수 있다면요?"

"황금양이 과연 이 개미지옥과도 같은 불황을 어떻게 타파하겠다는 거죠?"

유 작가의 안색이 미세하게 변했다. 과거 군부정권의 문화탄압으로 인해 영화계 또한 피해를 보았던 전례가 있었다. 때문에 영화계의 발전은 더욱 어려웠고 항상 똑같은 주제만으로 답습할 뿐이었다.

과연 누군가가 불황을 타개한다고 앞장서겠다 해서, 그것을 따르는 용기 있는 영화인들이 있을까.

어쩌면 이미 그들의 마음속에 열정이란 단어가 재가 되어 사라졌는지도 모른다.

"영화인들의 꺼져 버린 열정을 다시 불러일으켜야겠죠."

"그게 무슨……?"

의아한 표정을 한 유 작가의 귓가로 대남의 목소리가 날아들었다.

"이번 프로그램을 통해 불을 지필 겁니다."

'영화가 간다' 녹화 촬영 당일 대남은 MBS 방송국으로 승용차를 몰았다.

일찍이 보기 드문 톱배우들의 성지라 불릴 정도로 '영화가 간다'의 인기가 높아져, 아침나절부터 방청석을 얻기 위한 사람들과 자신이 좋아하는 영화배우를 보고자 찾아온 팬들의 행렬로 방송국 앞은 인산인해를 이뤘다.

"안녕하십니까, '영화가 간다'의 조연출을 맡은 김기동입니다. 대표님 이야기는 익히 들어 알고 있습니다. 사실 '대국민 퀴즈쇼' 생방송 나오셨을 때부터 열렬한 팬이었습니다."

조연출은 대남을 제대로 바라보지도 못했다. 어느새 알게 모르게 대남에게도 팬이 생긴 것이다.

그렇게 조연출과 프로그램 세트장으로 발걸음을 옮기려는 찰나, 세트장에 들어가기에 앞서 방청석 티켓을 기다리는 행렬을 바라보며 대남이 물었다.

"원래 영화 프로그램의 방청석을 얻으려는 사람들이 이렇게 많습니까?"

"아닙니다, 보통 선착순으로 방청석을 배부하기 때문에 사람들이 모이기는 하지만 이렇게까지 많이 모이지는 않는데, 아무래도 오늘 톱배우를 비롯해서 유명한 감독님이 출연자로 나오기 때문에 평소보다 사람들이 많이 몰려온 것 같습니다. 그리고 제일 중요한 김대남 대표님도 계시고요."

"제가 그 정도 영향력이 되나요."

"모르시겠지만 이미 김대남 대표님은 웬만한 청춘스타 못지 않은 인기를 받고 계십니다. 방송국 사람들 사이에선 배우 해도 되겠다는 말이 나올 정도니까요. 제가 쓸데없는 말을 너무 길게 했나요?"

조연출의 뒤늦은 물음에 대남은 입가에 미소를 지어 보인 채 고개를 저어 보였다.

행렬의 한편에선 대남의 얼굴을 알아보고 소리치는 여성들도 있었다. 대남은 그들의 환대를 받으며 세트장 안으로 걸음을 옮겼다.

"드라이 리허설은 딱히 필요가 없습니다, 어차피 녹화 촬영인 데다가 이번 화는 대표님의 특별 출연 조건대로 대본 자체가 기본적인 틀을 제외하고는 생략된 상태니 말이죠. 앞서 생방송과 예능 프로그램을 촬영하셨던 관록이 있으시니 알아서 잘하실 거라 믿습니다!"

장 PD의 입꼬리는 귀에 걸려 있었다. 이미 대남이 출연한다는 소식이 입소문을 타 아침부터 좋은 방청석을 차지하기 위해 장관을 이뤘던 터였다.

하물며 톱배우와 명감독까지 등장하니 이보다 보기 좋은 진수성찬은 없을 터, 앞으로의 시청률을 고대하는 그의 얼굴

면면에는 기대감이 가득했다.

"자, 촬영 스탠바이 들어가겠습니다."

조연출의 말에 출연자들이 지정된 패널석에 앉기 시작했다. 이미 방청석에는 선착순으로 참석한 수많은 이들이 눈을 빛내며 세트장을 바라보고 있었다.

장내에 긴장된 분위기가 흐르는 가운데, 대남은 눈앞의 이들을 바라봤다.

'조윤호, 곽열'

조윤호는 충무로에서 인정받고 있는 영화배우였으며 곽열 감독은 임건택 감독과 마찬가지로 한국 영화계에서 혁혁한 입지를 세운 명감독이었다.

그들은 대남을 바라보며 제각기 오묘한 표정을 짓고 있었다. 이윽고 조연출이 슬레이트를 침과 동시에 녹화 촬영의 서막이 올랐다.

"반갑습니다. '영화가 간다'의 MC 김영화입니다. 오늘은 평소에는 볼 수 없었던 출연자분들을 모셔놓고 방송을 진행해 볼 텐데요. 옆으로는 현재 충무로의 블루칩이라 불리는 영화배우 조윤호 씨가 자리하고 계시고 국내 영화계에서 굵직한 필모를 자랑하는 거장 곽열 감독님이 나와계십니다. 그리고 요즘 언론을 가장 뜨겁게 달구고 계신 분이 있으시죠? 바로."

진행자는 대남을 향해 손바닥으로 가리키며 말을 이었다.

"황금양의 대표, 김대남 씨입니다."

출연진의 소개가 끝나자 방청석에서 박수 소리가 터져 나왔다. 프로그램 특성상 영화인들이 출연하기는 하지만 이토록 화려한 출연진은 아마 이번 회차가 처음이었다. 스태프들조차도 녹화 촬영 내내 한 치의 방심도 용납하지 못하겠다는 듯 얼굴에 비장함이 서려 있었다.

"자, 저희 '영화가 간다'는 영화인들이 벌이는 토로의 장답게 평소에 대중들이 알지 못했던 영화계 속사정을 이모저모 알아보는 시간을 가지는데요. 아무래도 국내 영화계를 침범한 외화들에 관해서 이야기를 안 나눠볼 수 없겠는데요. 황금양의 김대남 대표님은 현재 국내 극장가를 점령하고 있는 수입 영화들에 관해서 어떤 생각을 가지고 계신지 여쭤보고 싶습니다."

진행자의 물음에 카메라는 대남의 얼굴을 줌인했다. 나머지 출연자 조윤호와 곽열 또한 대남의 대답이 자못 궁금한 듯 바라보고 있었다.

대남은 그들의 열띤 시선을 받아내며 서서히 입을 열었다.

"김영화 아나운서님."

"네?"

"지금 진행자께서 하신 질문의 논제는 잘못되었습니다. 국내 영화계를 침범한 외화들이라는 말은 어울리지 않는군요.

오히려 이렇게 바꿔보면 어떻겠습니까? 도태되어 가는 국내 영화, 언제까지 제자리걸음만을 반복할 것인가."

"……!"

대남의 말로 인해 진행자의 얼굴이 경악으로 물들어갔다.

대본의 기틀만 잡은 채 세세한 답변은 출연자의 역량에 맡기기 때문에 이런 돌발 상황을 아주 생각하지 못한 건 아니었지만 시작하자마자 이리 일격을 가하다니, 장 PD마저도 놀란 얼굴로 세트장을 살피기 바빴다.

진행자는 이 상황을 애써 수습하려는 듯 입가에 미소를 띤 채 말했다.

"……제 표현이 조금 직설적이었나요? 하지만 국내 영화가 발전할 수 없는 이유에 무분별한 외화의 수입이 한몫을 하고 있는 것은 사실이 아닐까요?"

"시대는 급변하고 있고, 외화들은 앞으로도 막강한 자본력을 토대로 무한한 성장을 거듭할 것입니다. 한데 국내 영화계는 자기성찰은 하지도 않고, 발전을 꾀할 생각조차 하지 않습니다. 심지어는 외국영화들에 대한 무조건적인 비난만을 가하는 상태에 이르렀습니다. 도대체 언제까지 이래야 합니까?"

마치 자신들을 향해 소리치듯 말을 내뱉는 대남의 모습에 출연진은 적잖이 충격을 받은 듯했다.

"장 PD님, 원래 이렇게 처음부터 세게 나가는 건가요……?"

조연출이 의문스럽게 장 PD를 향해 물었다. 세트장 한편에서는 스태프들이 놀란 토끼 눈을 한 채로 녹화 촬영에 임하고 있었다.

장 PD는 조연출의 질문에 말을 잇지 못했다. 혼란스러운 장내에서 카메라 감독만이 정신을 차리고는 출연자들의 얼굴을 카메라에 담기 바빴다. 손바닥에서는 진땀이 흐르고 있었지만 이렇게 휘몰아치는 장면을 놓칠 수야 없지 않은가.

그 순간, 여태껏 침묵을 유지하던 곽열 감독이 입을 열었다.

"김대남 대표의 말이 틀리지 않았다는 건 나도 알고 있소. 하지만 충무로가 활성화되던 60년대부터 영화계를 전전했던 나로서도 국내 영화가 앓고 있는 병폐에 관해서는 어찌할 방도가 없습니다. 어려웠던 시절부터 쌓아 올린 영화계의 관행을 단숨에 없애라는 것은 불가능에 가까운 일입니다."

"……."

"외화들과 수준을 맞추려면 오히려 문을 걸어 잠그고 국내 영화계를 활성화시켜 영화의 발전을 도모해 보는 것도 나쁘지 않다고 생각하오……."

곽열 감독은 오랜 세월 동안 충무로에서 자리매김한 거장이었다. 다만, 국내 영화가 투자자들의 외면을 받다 보니 더 이상 필모를 찍기보단 대학에서 후학을 양성하는 데 힘을 쏟고 있었다. 연륜이 깃든 그의 눈동자엔 더 이상 모험을 할 생각이 없어 보였다.

대남은 주름살이 패인 곽열 감독의 눈동자를 바라보며 말했다.

"우물 안의 개구리는, 영영 우물 안에 갇혀 있다 죽을 뿐입니다."

"그게 무슨 말이오."

"언제까지 우물 안 개구리 신세로 만족하실 건가요. 그저 외국으로 통하는 문고리에 걸쇠를 걸어 잠그고 우리들만의 리그를 즐길 생각이라면 국내 영화계는 영영 발전하지 못할 겁니다. 언제까지 공장 찍어내기 식으로 똑같은 영화들만 제작하고 출연할 겁니까. 이렇게 문을 걸어 잠그고 소통하지 않는다면. 글쎄요, 발전은커녕 점점 퇴보를 거듭하겠죠."

"……"

대남의 말에 장내가 살얼음판을 걷는 듯 조용해졌다. 영화배우 조윤호는 어쩔 줄 몰라 하는 표정이고 곽열 감독은 생각에 잠긴 듯했다.

장 PD는 오늘 촬영이 이토록 파격적으로 진행될 줄은 생각지도 못해, 어안이 벙벙한 표정이었다.

"그럼 어떻게 해야 한단 말이오."

곽열 감독의 목소리에 카메라가 급히 고개를 돌렸다.

"고인 물은 퍼내야지요, 깨끗하게 정리한 다음 시작하면 됩니다."

"고인 물을 퍼낸다라, 만약 김대남 대표가 말한 것처럼 그리 쉽게 바뀔 문제였으면 이토록 곪지도 않았습니다. 또한 국내 영화계는 약진적이지만 조금씩의 발전을 하고 있습니다. 그 예로 벌써 해외 각지의 영화제 등에서도 초청받고 있고요."

"해외 영화제의 초청이라, 허울 좋은 말에 불과하지 않습니까? 실질적으로 여태껏 국내 극장가를 점령했던 한국 흥행영화는 에로물과 신파극이 전부였습니다. 제작비가 저렴하고 인건비 또한 수월하니 말이죠. 물론 그 와중에 장군의 아들이라는 흥행 작품이 탄생하기는 했지만 시리즈물로 이어지면서 작품성이 확연히 뒤떨어졌습니다."

대남의 말에 곽열 감독은 침통한 표정으로 입을 다물었다. 국내 영화계의 문제점을 꼬집는 그의 말은 틀린 것이 하나도 없었기 때문이다.

좌중이 침묵하는 가운데, 대남이 비수를 꽂듯 마지막 말을 이었다.

"여러분, 제가 왜 영화 배급의 첫 번째 작품으로 외화를 선택했을까요?"

대남은 짐짓 뜸을 들이고는 정면 카메라를 바라보며 일갈했다.

"국내 영화계는 답이 없기 때문입니다."

대남의 일갈에 순간 장내가 얼어붙은 듯 조용해졌다.

장 PD는 언제 터질지 모르는 활화산 같은 분위기 속에서 눈동자만을 굴린 채 주위를 살피기 바빴다. 카메라 감독은 출연진들의 얼굴을 번갈아 촬영하고 있었지만 카메라 속에 담긴 그들의 얼굴 곳곳에는 침통함이 깃들어 있었다.

무거운 적막이 흐르는 가운데, 먼저 말문을 연 것은 진행자였다.

"자, 분위기가 너무 과열된 것 같습니다. 아무래도 가감 없이 말하는 토로의 장답게 설전들이 오가고 있는데요. 그럼 여기서 영화 배급사의 대표와 감독의 시선 이외에, 충무로에서 직접 활약하고 있는 영화배우 조윤호 씨의 이야기도 안 들어 볼 수 없을 것 같습니다."

진행자는 냉각된 분위기를 바꾸려는 듯 급히 조윤호에게로 멘트를 옮겨 나갔다.

갑작스럽게 자신에게로 이목이 쏠리니 조윤호는 잠시 당황하는 듯 보였으나 이내 표정을 수습하고는 입을 열었다.

"제가 충무로에서 단역부터 시작해서 이 자리에 오르기까지, 수많은 분의 도움이 있었습니다. 아직도 현장에선 종횡무진 영화를 위해 발 벗고 뛰어다니는 스태프들과 메가폰을 잡은 채 열성적으로 외치는 감독님들이 계십니다."

"……"

"그런데 국내 영화계가 답이 없다니요. 김대남 대표의 말은 영화의 발전을 위해 애쓰는 이들을 폄하한 것이나 다름없습니다!"

조윤호의 외침에 방청석에서 탄성 소리가 터져 나왔다.

단역부터 차근차근 실력을 쌓아온 그는 자타공인 연기파 배우였으며, 충무로의 블루칩이라 불리는 인물이었다. 충무로의 속사정을 꿰뚫고 있는 그의 목소리에는 어느 때보다 힘이 깃들어 있었다.

장 PD는 돌아가는 상황이 심상찮아 대남을 바라봤다. 기가 죽어 있을 거라 생각했지만, 웬걸 대남은 입가에 미소를 머금은 채 조윤호를 직시하고 있었다.

"영화의 발전을 위해 애써주시는 이들이라, 조윤호 씨가 크게 착각하고 계신 것 같군요."

"그게 무슨 말입니까……?"

"영화를 위해 발 벗고 나서야 하는 건 물론이고, 메가폰을 잡은 감독의 열성적인 외침은 어느 영화판을 가더라도 당연히 있어야 하는 전제 조건입니다. 에로물을 찍든, 신파극을 찍든 일단 영화를 만들어야 하니까요."

"……"

"조윤호 씨가 말하는 영화계의 속사정은 당연한 일차적인 일에 불과합니다. 제가 여기서 말하고 싶은 건 실질적인 국내 영화계의 답보 상태입니다!"

조윤호는 대남의 말에 입을 다물 수밖에 없었다. 신랄하다 싶을 정도로 대남은 영화계의 문제점을 꼬집었다. 좌중이 거침 없는 언행에 놀라 숨죽이는 한편, 대남은 다시 자세를 고쳐 앉고는 입을 열었다.

"부패한 문제점을 손바닥으로 가린다고 해서, 그것이 지워질까요? 오히려 상처는 더욱 커지고 썩은 악취로 종국에는 우리 힘으로는 더 이상 돌이킬 수 없는 단계에 들어설 겁니다. '영화가 간다' 또한 마찬가지입니다. 국내 영화계의 이모저모를 살펴보며 옹호할 게 아니라, 문제점이 있으면 수면 위로 떠올려야죠. 언제까지 소 잃고 외양간 고치는 식으로 현실에 안주할 겁니까."

"……"

세트장 한편에 기립해 있던 스태프들은 속으로 뜨끔하는 것을 느꼈다. 장 PD는 마치 자신을 향해 일갈하는 듯한 대남의 모습에 이마에 비지땀이 송골송골 맺힐 지경이었다.

모두가 말을 제대로 잇지 못하던 순간, 진행자가 겨우 정신을 차리고는 마이크를 휘어잡았다.

"자, '영화가 간다'의 분위기가 점점 과열되고 있습니다. 아무래도 금일 촬영 현장에 일찍이 보기 힘들었던 영화인들의 출연으로 그 어느 때보다 흥미롭게 진행되는 것 같은데요. 지금까지 첫 번째 주제로써 국내를 침범한, 아니, 국내에서 흥행하고 있는 외화들에 관해 이야기를 나누어보았습니다. 그럼 두 번째 주제를 행하기에 앞서……."

진행자는 장 PD의 눈치를 한 번 살핀 후, OK 사인이 떨어지자 다시 말을 이었다.

"잠시 쉬는 시간을 가지도록 하겠습니다."

정규로 방영될 방송분에서는 편집되어 쉬는 시간 없이 한 큐에 진행된 것처럼 보이겠지만, 아무래도 과열된 촬영장 내의 분위기를 식히려면 출연진들에게 짧지만 휴식할 시간을 주는 것이 필요했다.

하지만 세트장에서 걸어 내려오는 진행자를 비롯해서 곽열 감독과 배우 조윤호의 표정은 영 좋지 못했다.

"유 작가, 이렇게 나가도 괜찮을 걸까……?"

"어차피 김대남 씨가 출연한다고 했을 때부터 파격적일 거라는 건 예상했던 일이잖아요."

장 PD의 물음에 유 작가는 고개를 짧게 끄덕여 보였다. 대남은 쉬는 시간임에도 세트장 위에서 내려오지 않은 채 팔짱을 끼고는 눈을 감고 있었다. 그 모습이 마치 염라대왕을 방불케 해 주변 사람들이 쉽사리 다가갈 수 없을 정도이다.

그녀는 그제야 대남이 했었던 불을 지피겠다는 말의 진의를 깨달을 수가 있었다.

"보면 볼수록 대단한 사람이야."

유 작가는 혼잣말을 하듯 대남을 향해 작게 읊조렸다. 과연 어느 누가 방송에 나와 저렇게 과감한 언행을 보일 수 있을까.

언론에서는 하루가 멀다고 외화들을 향해 비난의 잣대를 내세우는 한편, 그 칼날의 방향을 몸소 돌리는 사람이 나오다니 믿기지가 않았다. 더군다나 대남은 아직 이십 대에 불과한 청년이다.

"정말 대단하지 않아요? 김대남 씨."

유 작가의 물음에 장 PD는 말없이 고개를 끄덕였다. 섭외했을 당시에도 거침이 없을 줄은 알았으나 역시 상상 이상이었다. 과거 김대남이라는 남자를 나이가 어리다고 만만하게 봤던 자신이 부끄러워질 지경이었다.

"장 PD님, 조윤호 씨는 좀 어때요."

"아무래도 김대남 씨의 말 때문에 충격을 받았겠지, 그래도 충무로에서 단역부터 쌓아 올라온 내공이 있으니 괜찮을 거야……. 난 오히려 곽열 감독님이 더 걱정되는구만. 어떻게 보면 새파란 후배에게 훈계를 받은 거나 다름없지 않나."

"연륜이 있어도, 가치관이 흔들리게 되면 힘들겠죠."

장 PD는 곽열 감독을 걱정하고 있었다. 삼고초려 끝에 힘겹게 모신 감독님이었는데 녹화 촬영이 이렇게 흘러갈지는 기획 PD였던 자신조차도 까맣게 몰랐던 사실이었다.

그렇다고 세트장에 앉아 있는 대남을 욕할 수도 없는 상황이었다. 시청률의 일등공신 아닌가. 더욱이 '영화가 간다'가 MBS에서 둥지를 튼 이후, 이토록 치열한 모습은 녹화된 적이 없었다.

장 PD의 생각을 읽은 것인지, 유 작가가 세트장을 바라보며 말했다.

"뭐가 됐든 간에, 확실한 건 시청률은 대박이겠네요."

짧은 쉬는 시간이 끝나고 출연진들이 다시 세트장으로 발걸음을 옮겨 들어왔다.

곽열과 조윤호는 이전과 다르게 안정이 된듯한 표정이었고, 대남은 말없이 팔짱을 끼고 있었다.

진행자는 크게 심호흡을 한 번 하고는 마이크를 잡았다. 이윽고 조연출이 슬레이트를 침과 동시에 카메라에 빨간 불이 들어왔다.

"자, 첫 번째 주제에서 외화들에 관한 이야기를 나누었다면 두 번째 주제로는 영화인들이 집중하는 국내 영화에 관해 이야기를 나눠보도록 하겠습니다. 요즘 극장가를 뜨겁게 달구고 있는 건 외화만이 아니겠죠. 바로 영화배우 조윤호 씨 주연의 '남자의 향기'가 있습니다!"

진행자는 아무 일 없었다는 듯이 방송을 진행했다.

조윤호 주연의 '남자의 향기'는 국내 영화 중 극장가에서 가장 흥행하고 있는 작품이었다. 하지만 이미 일전의 녹화에서 대남에게 된통 일침을 당한 터라, 조윤호의 표정은 밝지만은 않았다.

"조윤호 씨는 이번 '남자의 향기'를 촬영하면서 애로사항을 겪으신 적은 없으신가요? 거친 액션신을 소화하면서 많이 힘드셨을 것 같은데 말이죠."

"물론 촬영장에서는 힘들었지만 그래도 완성된 작품을 보고 있자니 그 힘들었던 감정이 싸악 가시더군요. 저보다야 감독님과 저희 영화 스태프분들이 더욱 힘드셨을 겁니다."

"조윤호 씨의 말대로 한 여름날에 강도 높은 액션신을 촬영하느라 얼마나 고생을 하셨을지 상상도 안 되는데요. 곽열 감독님은 이번 조윤호 씨 주연의 '남자의 향기' 보셨나요?"

진행자의 질문에 카메라가 곽열 감독에게로 고개가 돌아갔다. 곽열 감독은 흡족한 미소를 지어 보이며 고개를 끄덕였다.

"봤습니다. 아주 잘 만든 영화더군요. '장군의 아들'로 국내 영화도 홍콩 영화 못지않은 액션신을 소화할 수 있다는 게 알려진 뒤였는데 '남자의 향기'에서 그 종지부를 찍은 것 같아 감탄이 절로 나왔습니다."

"곽열 감독님께서 칭찬 일색이시네요. 그럼 김대남 대표께서는 이번 영화를 어떻게 감상하셨을지……."

"잘 보았습니다."

대남의 대답에 진행자는 속으로 안도의 한숨을 내쉬었다. 대남이 예상치 못한 말을 할까 가슴이 조마조마했던 것이다.

진행자가 재차 질문을 하려는 찰나, 뒤이어 청천벽력과도 같은 대남의 목소리가 날아들었다.

"하지만 지루한 면이 없지 않았죠."

"네……?"

"똑같은 신파극에 액션신을 덧씌운 것밖에 없더군요. 조윤호 씨께서는 영화를 찍을 때 만족스러우셨나요?"

마치 자신을 힐난하듯 말하는 대남의 모습에 조윤호의 얼굴이 붉으락푸르락해졌다.

"김대남 씨의 말은 심한 것 같습니다. 힘들게 찍었던 영화를 조롱하는 꼴이지 않습니까."

"조롱하는 게 아니라, 묻는 겁니다. 정말로 조윤호 씨가 만족하셨는지."

"……."

조윤호는 대남의 물음에 대답할 수가 없었다. 힘들게 찍은 영화라면 만족해야 하는 게 당연한 일이거늘, 모두가 의아한 가운데 대남이 조윤호의 속마음을 읽어내는 듯 말을 이었다.

"조윤호 씨, 당신의 필모를 돌이켜 보세요. 신파극이 아닌 게 한 작품이라도 있습니까? 하물며 흥행했던 영화는 매번 똑같은 주제의 똑같은 감독의 영화였죠. 이번 '남자의 향기'라고 다를 게 있습니까?"

"……그, 그건."

"양심에 손을 얹고 생각해 보세요. 오 년 전에 찍었던 영화와 지금의 영화가 달라진 점이 무엇입니까. 아, 주인공의 이름은 바뀌었겠군요."

장 PD는 두 눈을 질끈 감았다. 혹여나 방송 사고가 생긴다고 한들, 녹화 촬영이었기에 스태프들과 방청석의 입막음만 조심하면 괜찮을 것이었다.

하지만 돌발 상황은 벌어지지 않았다. 불같이 화를 낼 거라 생각했던 조윤호는 낙담한 표정으로 고개를 떨군 채 있었다.

"조윤호 씨가 똑같은 주제의 영화에 출연을 반복하고, 곽열 감독께서 충무로를 떠나 후학을 양성하는 데 힘쓰는 이유는 무엇일까요. 지금 국내 영화계는 당연시되어야 할 일이 특별한 일이 되고, 열정이 깃들어야 할 영화에는 돈독이 오른 거머리들밖에 남지 않은 상황에 이르렀습니다."

"……."

"충무로가 썩어 들어가는 이 판국에 영화인들은 자신들의 치부를 감추기에 급급합니다."

대남의 말에 곽열 감독이 손을 들어 보였다.

"김대남 씨, 당신의 말은 모두가 옳은 것이 아니오. 분명 그러한 영화인들이 있겠지만 중립을 지키며 살아가는 영화인들도 있다는 것을 알아줬으면 합니다. 하루아침에 바뀔 문제라고 생각한다면 큰 오산입니다……."

곽열 감독은 힘없이 말했다. 그 또한 국내 영화계가 가진 문제점을 알고 있었지만 쉽사리 꺼낼 수가 없는 상황이다.

그 모습에 대남은 잠깐 말을 멈춘 채 좌중을 훑어보았다.

"곽열 감독님, 침묵하는 영화인들이 중립을 지키는 게 과연 옳은 것일까요?"

모두의 이목이 대남에게로 쏠려 있는 상태였고 그의 입에서 나오는 말 한 마디 한 마디에 귀를 기울이고 있었다.

대남은 그들을 향해 소리치듯 말했다.

"제가 보기엔 공범입니다."

대남의 말에 유 작가는 이번 프로그램을 통해 국내 영화계에 거대한 횃불이 불러일으켜질 것을 확신했다.

- 3장 -
결실(結實)

그녀의 예상대로 방청석을 비롯해 스태프들까지 숨죽이며 세트장을 바라봤다. 장 PD는 누가 보면 비라도 맞은 것처럼 이미 땀으로 셔츠가 흠뻑 젖은 채였다.

"공범이라……"

곽열 감독이 낮게 읊조렸다. 회한이 가득 담긴 듯한 그의 목소리는 과거 영화계를 호령했던 거장의 외침이라기엔 너무나도 보잘것없어 보였다.

그는 불현듯 고개를 돌려 대남을 바라보며 되물었다.

"그럼 어떻게 해야 옳은 것이오."

"……"

"영화계에 내 청춘을 묻었다고 해도 과언이 아니오. 그곳은 내 인생이었고 꿈인 동시에 내가 모든 것을 바쳐 사랑한 곳이기도 했습니다. 이 자리에 있는 그 누구보다도 영화를 더 사랑했노라고 당당하게 말할 수 있지만, 이토록 무너져 버린 이상에 개인이 어떻게 무엇을 할 수가 있단 말입니까."

곽열 감독은 그간 마음속에 쌓아두었던 응어리를 내뱉듯 말했다. 그 모습에 옆자리에 앉아 있던 조윤호가 말없이 고개를 숙여 보였다.

거장의 외침에 장내의 모든 이들의 심정이 무거워지기 시작했다.

"직시하면 됩니다."

"그게 무슨 말이오……?"

대남의 갑작스러운 대답에 곽열 감독이 의문스럽게 되물었다. 카메라 감독은 이 순간을 놓치지 않고 카메라로 대남을 줌인했다.

오랜 방송 생활 경력 동안 이토록 흥분되었던 적이 없었다. 장면 하나하나가, 예기치 않은 그림이 되어 영화처럼 비치고 있었다. 그리고 그 순간, 대남의 닫혀 있던 입이 스르르 열렸다.

"곪아 터진 부패한 상처를 숨기려 들지 말고, 바라보면 됩니다."

"……."

"국내 영화계는 외화의 수입을 문화 생태계를 파괴하는 외래종의 침범이라 규탄하고 있습니다. 하지만 알아야 합니다.

오히려 문화 생태계를 파괴하고 암적인 존재로 부상하고 있는 것들은 그렇게 규정짓는 자신들이라는 사실을 말입니다."

대남은 좌중을 훑어보고는 말을 이었다.

"굵직한 입지를 자랑하는 영화인들이 자기네들의 상처를 바라보려 할까요. 아니요, 오히려 숨기지 못해 안달이 났을 겁니다. 앞으로 사리사욕만을 위해서는 안 됩니다. 개인의 이익은 잠시 미뤄놓고 더 이상의 병폐를 막기 위해 국내 영화계를 돌이켜 볼 필요성이 있습니다. 언제까지 바보같이 눈 가리고 죽어만 갈 겁니까!"

장내를 쩌렁쩌렁하게 울리는 일장연설에 곽열 감독은 여태껏 자신이 행해왔던 가치관에 금이 가는듯한 기분이 들었다. 조윤호는 '남자의 향기'를 촬영하면서 원인 모를 답답했던 감정이 무엇이었는지 지금에서야 알 것 같았다.

카메라가 급히 출연자들의 얼굴을 비추는 동안 진행자는 눈치를 살피다 땀이 흥건한 손바닥으로 마이크를 거세게 말아 쥐었다.

"오늘 정말 핵폭탄급의 발언들이 연이어 터지고 있습니다. '영화가 간다'를 맡으면서 처음 겪는 일에 진행자인 저 또한 이마에 땀이 맺히기 시작하네요. 마지막 주제를 진행하기에 앞서 방청객 여러분들의 힘찬 환호 소리를 들어보고 싶군요."

진행자는 방청석을 바라보며 시선을 회피했다. 아무래도 급히 세트장의 분위기를 바꾸려는 시도 같았고 방청석에서는 인위적인 환호 소리가 터져 나왔다. 조연출은 박수 소리를 부탁하기 위해 진땀을 흘리며 방청석 사이사이를 종횡무진하고 있었다.

장내가 진정이 되자, 진행자는 침을 한 번 삼키고는 곧장 말을 이었다.

"자, 이제 '영화가 간다'가 자랑하는 마지막 주제를 진행해보겠습니다. 바로 방청석에 앉은 방청객 여러분들과 금일 출연해 주신 출연진들이 허심탄회하게 질의응답을 해보는 시간을 가질 건데요. 오늘 아침부터 선착순으로 배부되는 방청권을 얻기 위해 MBS 방송국 앞이 인산인해를 이뤘다는 것을 모르는 이는 없을 겁니다. 그만큼 여기 모인 방청객분들도 출연자에게 궁금한 점이 많을 것으로 생각됩니다."

진행자의 멘트로 인해 방청석이 다시 수군거리기 시작했다. 방청객이 출연진들에게 질문할 수 있는 시간은 '영화가 간다'의 대미를 장식하는 콘텐츠이기도 했다. 평소 보기 드문 영화인들의 출연답게 팬심으로 똘똘 뭉친 팬들은 이 시간만을 고대했다.

"……."

하지만 세트장에 앉은 출연진들은 아직도 대남의 말로 인해 충격을 받은 듯 표정을 수습하지 못하고 있었다. 진행자는 애써 상황을 수습하려는 듯 급히 방청석을 바라보고는 다시 멘트를 쳤다.

"자, 무작위 추첨을 통해 방청객분들 중 한 분을 뽑아볼 텐데요. 앉아 계시는 방청석에 불이 들어오시는 분은 마이크를 통해 하시고 싶은 질문을 출연자 중 한 분에게 해주시면 됩니다."

진행자는 능숙하게 콘텐츠를 진행해 나갔다. 이윽고 무작위 추첨을 통해 당첨된 방청객이 마이크를 잡았다.

이십 대로 보이는 여성이었는데 카메라가 자신을 바라보는 것이 무척 떨리는 모양인지 심호흡을 깊게 한 후 입을 열었다.

"저는 배우 조윤호 씨께 질문을 하고 싶은데요. 만약 자신의 가치를 돈으로 매길 수 있다면 얼마라고 생각하시나요? 현재 남자 배우 중에 가장 인기가 있으시잖아요."

방청객의 물음에 조윤호의 얼굴에 고민하는 기색이 떠올랐다. 간단하게 이상형을 물어보거나, 차기작에 관해 물을 것으로 생각했기 때문이었다.

"쉽게 답할 수 있는 질문은 아니네요. 하지만 저의 가치를 돈으로 매긴다면 아무래도 대중들이 원하는 정도에 따라 달라지지 않을까 싶습니다. 영화배우이지만 절 사랑해 주시고 지켜봐 주시는 팬들이 없다면 전 아무것도 아닌 사람이지 않겠습니까."

"조윤호 씨, 답변 정말 감사합니다. 여성 방청객분께서 짓궂은 질문을 하셨는데 역시 충무로가 알아주는 블루칩답게 센스 있는 답변을 해주셨습니다. 그럼 다음 방청객분을 모셔보겠습니다."

조윤호는 안도의 한숨을 내쉬었다. 진행자는 빠르게 다음 방청객을 향해 고개를 돌렸다. 이번에는 사십 대 중년의 남성이었다.

그는 곽열 감독을 바라보며 마이크를 잡고 있었다.

"평소 곽열 감독님의 영화를 즐겨보았던 남성입니다. 과거 재미있게 보았던 곽열 사단의 영화들이 많았는데, 감독님은 수년 동안 영화계에 복귀를 하지 않고 계십니다. 앞으로 영화를 촬영하실 계획은 없으신 건지, 아니면 구상 중인 작품은 있는지 묻고 싶습니다."

"먼저 제 영화를 봐주셨다고 하니 감사하다는 말씀부터 드리겠습니다. 영화를 촬영할 계획이 없냐고 물으셨는데…… 사실상 현재 영화 촬영을 하기는 힘든 상태입니다."

"……"

"그 이유는 뒤이어진 질문인 구상 중인 작품과 관련이 있는데, 아직 제가 구상하고 있는 작품에 투자해 줄 만한 투자자를 만나지 못했기 때문입니다……"

사실 그동안 곽열 감독은 실험적인 작품을 구상하려 했지만 영화계가 뒷받침해 주지 못했다. 한때는 협소한 국내 영화계에 염증을 느끼기도 했지만 결국 자신의 공상을 탓하며 감독직에서 은퇴를 했다고 볼 수 있었다.

흐릿한 곽열의 말꼬리에 무거운 적막만이 흐르는 이때, 진행자가 다시 말문을 열었다.

"자, 곽열 감독의 진중한 답변 잘 들었습니다. 그럼 마지막으로 질문하실 방청객을 모셔보도록 하겠습니다……!"

마지막으로 당첨된 방청객은 이십 대의 여성이었다. 여성 방청객 상당수가 조윤호의 팬인 것을 감안하면 진행자는 다음 질문의 선택지가 조윤호일 거라 예상했다.

"저는 황금양의 김대남 대표님께 질문하겠습니다."

예상외의 선택지에 진행자의 눈이 휘둥그레졌다. 애초에 방청객의 질문은 사전에 준비된 대본이 아니기에 어떤 질문이 오갈지 모르는 상황이었다. 이윽고 방청객이 자리에서 일어나 대남을 향해 말했다.

"아까 국내 영화계는 답이 없다고 말씀하셨는데, 아무리 그래도 배우 조윤호 씨와 곽열 감독님에게 너무 모질게 말씀하신 게 아닌가 하는 생각이 듭니다. 혹시 김대남 대표가 생각하는 구체적인 회복 방안이라도 있는 건가요?"

여성 방청객의 물음에 장내가 다시 얼어붙었다. 진행자의 표정은 거무죽죽해졌다. 애써 분위기를 전환시켰는데 다시 원점으로 돌아왔기 때문이다.

한데 사람들의 염려와는 상반되게 대남은 흡족한 미소를 지어 보이며 입을 열었다.

"있습니다."

"……!"

"현재 국내 영화계가 침체된 이유를 꼽아보자면 투자자들과 영화인들의 소심한 태도와 더불어 눈앞의 이윤만을 바라보는 협소한 시선 때문일 겁니다. 모험적인 작품을 하면 망한다, 관객들에게 익숙한 상업 영화를 찍는 것이 더 도움이 된다라는 인식을 바꾸려면 아무래도 저들이 선택하지 않았던, 돈이 되지 않는다고 고개를 돌렸던 모험적인 작품으로 대성공을 거두면 되겠죠."

방청석을 비롯해 출연진들마저 이어지는 대남의 말에 집중했다. 카메라 감독은 이때를 놓치지 않고 모든 이들의 표정을 세밀하게 관찰했다.

과연 대남의 입에서 어떤 말이 튀어나올까.

"오늘을 기점으로 국내 영화계는 많은 것들이 달라질 것입니다. 그리고 그 첫발을 제가 내디디려고 생각하고 있습니다."

"……!"

"방청객분, 구체적인 회복 방안을 묻기 전에 했던 질문을 다시 해주시겠습니까."

"……김대남 대표께서는 배우 조윤호 씨와 곽열 감독님에게 좀 모질게 말씀하신 부분이 있지 않나 하는 생각이 들었다고 했습니다."

방청객의 물음에 대남은 짐짓 뜸을 들이고는 대답했다.

"전 조윤호 씨의 값어치를 무한대라고 생각합니다. 조금 과하게 말한 이유는 조윤호 씨가 현재 충무로가 주목하는 남자 배우이기도 하지만 향후 십 년, 이십 년을 내다보았을 때도 롱런할 수 있는 국민배우가 되길 원해서였습니다. 필모들이 다 똑같은 주제로 점철되어 있기는 하지만 출중한 연기력만큼은 부정할 수 없는 사실이니까요. 그리고."

"……."

"곽열 감독님께 무례했던 점 사과드리겠습니다. 국내 영화계에서 빼놓을 수 없는 거장이었기에, 그리고 그의 작품을 사랑했던 한 명의 관객으로서 더 이상 영화 촬영에 나서지 않는 곽열 감독님을 보면서 슬픈 마음이 들었습니다. 누가 그에게 비난의 손가락질을 할 수가 있겠습니까. 감독이라는 자리에 있어 영화는 예술이기 이전에 먹고살아야 하는 생업이기 때문이겠죠."

대남은 고개를 돌려 조윤호와 곽열 감독을 바라봤다. 그들은 이미 국내 영화계를 바라봤던 자신들의 생각이 틀렸다는 것을 깨달은 뒤였다.

그들은 녹화 촬영 초반과 달리 대남의 눈을 제대로 쳐다보지 못했다. 그런 조윤호와 곽열 감독을 향해 대남이 말했다.

"지금 현장에 계시는 분들은 모르시겠지만 금일 촬영장에 영화배우 조윤호 씨와 곽열 감독님을 섭외한 사람이 접니다. 조윤호 씨는 현재 소속사와 계약 기간이 끝난 상태고 곽열 감독님께서는 후학들을 양성하고 계시죠. 제가 왜 함께 방송 출연을 원했을까요?"

조윤호와 곽열 감독은 저들도 처음 듣는 이야기인지 놀란 눈치였다.

장 PD는 계약 조건을 갑작스럽게 말하는 대남의 모습에 자리에서 벌떡 일어났다. 하지만 거기서 끝이 아니었다.

"조윤호 씨와 곽열 감독님을 저희 황금양에서 스카우트하고 싶습니다."

"……!"

모두가 놀란 가운데, 대남은 잠깐 말을 멈추고는 세트장 한편에 있는 유 작가를 바라봤다.

사전 인터뷰 때 말한 것처럼 불을 지필 것이라는 호언에 화룡점정을 찍듯 대남은 조윤호와 곽열 감독을 향해 입을 열었다.

"무너져 버린 국내 영화계를 저와 함께 다시 일으켜 보시지 않겠습니까."

대남의 발언으로 촬영장이 일순 소란스러워졌다. 방청석에서는 출연진을 향해 수군거리는 소리가 점차 커져만 갔다.

장 PD는 갑작스럽게 벌어진 상황에 어안이 벙벙한 표정이었고 스태프들도 혼란스럽기는 마찬가지였다.

진행자가 정신을 차리기도 전에, 대남은 조윤호와 곽열 감독을 향해 자세를 앞당기고는 재차 물었다.

"어떻습니까, 저와 함께하시겠습니까?"

대남이 재차 묻자 조윤호의 얼굴에는 고민하는 기색이 역력했다.

공교롭게도 '남자의 향기'를 촬영하고 난 뒤 소속사와 계약 기간이 끝난 시점이었다. 평소 같았으면 생각하지도 않았을 제안이었지만 이번 프로그램을 녹화 촬영하면서 가치관이 바뀌었다. 바로 눈앞의 대남 때문에 말이다.

조윤호가 쉽사리 말을 잇지 못하던 그 순간, 뜻밖의 목소리가 먼저 들려왔다.

"난 좋소."

곽열 감독이었다. 연륜이 깃든 그의 눈동자는 대남을 향해 있었다. 회한이 가득했던 목소리에는 그 어느 때보다 확신이 깃들어져 있었다.

세트장은 갑작스러운 곽열 감독의 응답에 또다시 소란스러워졌다. 카메라 감독은 현재 녹화되고 있는 촬영분을 본방송에서 쓸 수 있을지 모르겠다고 생각했지만, 한 치도 놓치지 않고 모두 담아내고 있었다.

"곽열 감독님께서 황금양과 함께하려는 이유에 대해서 물어봐도 되겠습니까."

대남이 재차 묻자, 소란스러웠던 장내가 삽시간에 조용해졌다. 모두의 이목이 집중된 가운데 곽열 감독이 다시 입을 열었다.

"난 황금양이라는 기업에 대해서 잘은 모릅니다. 그렇지만 일찍이 방송되었던 예능 프로그램을 통해 비췄던 모습을 생각한다면 황금양은 문화·예술업계에 전무후무한 기업임이 틀림이 없소. 복지는 물론이고 지불 관계가 명확하지 않았던 업계의 관행을 철폐하고자 앞장섰으니 말입니다. 하지만 난 황금양만을 바라보고 함께하려는 것은 아닙니다."

"……."

"김대남 대표를 바라보고 함께하려는 것이오."

곽열 감독의 목소리에는 더 이상 회한이 담겨 있지 않았다. 그 어느 때보다 확신에 가득 차 있었고, 확신의 향방은 정확히 대남을 가리키고 있었다.

장 PD의 눈가에는 이채가 감돌고 있었다. 국내 영화계의 거장이 이십 대의 청년을 향해 손길을 내미는 모습은 쉽게 볼 수 있는 장면이 아니었기 때문이다.

대남은 흡족한 미소를 지어 보인 채 고개를 돌려 조윤호를 바라봤다.

"조윤호 씨는 어떻게 하시겠습니까."

"……."

조윤호는 아직도 갈등에 겹겹이 쌓인 표정이었다. 곽열 감독이 거장이기는 했으나, 이미 영화계를 은퇴했던 인물이었다.

그에 반해 조윤호는 현재 충무로가 가장 주목하는 블루칩이었으며 각종 영화 섭외가 쇄도하는 남자 배우였다. 기존의 소속사와 계약이 끝나자마자 다수의 기획사에서 계약 제의가 그 숫자를 헤아리기 힘들 정도로 쇄도하고 있는 시기였다.

'황금양이라…….'

그는 속으로 고민을 거듭하며 대남을 바라봤다. 황금양이 분명 좋은 기업이기는 하나, 현재 업계에서는 명확한 후발 주자였다. 앞으로의 경쟁은 고사하고, 기획사 자체적으로 배우 인프라가 적은 상황이었다. 지금 당장을 바라보자면 국내의 거대 기획사들이 좀 더 도움이 될 터였다.

"언제까지 그렇게 우물쭈물할 겁니까."

비수가 날아들 듯, 대남의 목소리가 조윤호의 가슴팍으로 날아들었다. 그제야 조윤호는 자신이 해왔던 생각들이 속물적이었다는 것을 깨달았다.

'남자의 향기를 촬영하면서 느꼈던 답답한 감정이 대남을 만나고서 풀렸다. 한데, 또 똑같은 실수를 반복하면서 사는 것은 바보와 다름없지 않은가.

"저도 하겠습니다, 김대남 대표와 함께."

조윤호의 입에서 황금양을 지칭하는 말이 아닌, 곽열 감독과 같은 대남을 가리키는 말이 튀어나왔다.

방청석에서는 자리에서 벌떡 일어난 사람도 있었고 스태프들은 돌아가는 상황에 눈이 튀어나올 지경이었다.

순식간에 당대의 거장과 충무로의 스타가 황금양과 구두계약을 맺은 일이었다. 그것도 방송국 녹화 촬영 현장에서 말이다.

"이 정도면 답변이 되었네요. 방청객분."

대남은 조금 전 자신에게 질문을 던졌던 여성 방청객을 바라봤다.

그녀는 혼이 나간 표정으로 고개를 얕게나마 끄덕였다. 진행자는 어쩔 줄 모른 표정으로 입을 열었다 닫았다를 반복했고, 장 PD 또한 정확히 어떤 오더를 내려야 하는지 알 수 없는 지경에 이르렀다.

마치 태풍이 휩쓸고 지나간 듯한 세트장 중앙에 대남만이 미소를 지은 채 앉아 있었다.

녹화가 끝나고 세트장 한편에 앉아 있는 장 PD를 향해 유 작가가 다가갔다.

"장 PD님, 오늘 녹화 촬영분 본방송에 내보낼 수 있을까요?"

유 작가의 물음에 장 PD는 두 손으로 머리를 비벼 헝클어 뜨렸다.

시청률 보증수표라 불리는 김대남이라는 일반인을 섭외하기만 한다면 앞으로 걱정은 없을 것이라 생각했다.

이번 녹화 촬영을 기점으로 방송국 내에서의 입지가 달라질 것이라 믿었다.

"계륵이야."

장 PD가 괴롭다는 듯이 말을 내뱉었다. 금일 녹화 촬영분들은 한 편의 영화와 같았다.

치열한 설전이 오가는 가운데, 대남이 국내 영화계의 문제점을 대놓고 꼬집었다. 여태껏 그 누구도 그러지 못했고 앞으로도 그런 언행을 방송국에서 할 수 있는 사람은 없을 것이다. 만약 거기서만 끝났어도 어떻게든 편집을 통해 방송을 살렸을 것이다.

"하아, 어떻게 보면 시청률 대박은 기정사실인데 한편으론 대형 사고나 마찬가지니……."

영화인들이 출연하는 영화 프로그램에서 국내 영화계를 비난한 것도 모자라, 비난을 가한 이가 충무로의 스타와 당대의 거장을 현장에서 직접 스카우트해 가다니 그 파장이 얼마나 거셀지 짐작도 되지 않았다.

"그럼 이대로 녹화 촬영분 날려 버리게요?"

"……."

"뭘 그렇게 고민해요, 어차피 기자들이 다 물고 날랐을 텐데. 장 PD님은 어느 때 보면 추진력이 확실한데 가끔가다 이상한 부분에서 답답한 면이 있으시다니까."

유 작가의 말에 장 PD는 머리 위에 찬물을 끼얹은 듯한 기분이 들었다. 그녀의 말마따나 방송국 내에서는 항상 상주하는 연예부 기자들이 있었고 이번 녹화 촬영 또한 방청객과 스태프들에게 함구령을 내렸으나 밖으로 새어 나가지 않는다는 보장이 없었다.

아니, 오히려 기자들이 입에 거품을 물고 특종을 향해 달려들고 있을 것이다. 고민하는 장 PD를 향해 유 작가가 다시 불을 지폈다.

"장 PD님 아직도 모르겠어요? 이번 촬영으로 시청률은 대박이 나고, 피디님 방송국 인생이 바뀔 거라는 걸."

"……!"

유 작가의 말에 장 PD가 서둘러 자리에서 일어나 편집실로 뛰어나갔다. 멀어지는 그의 뒷모습을 지켜보던 유 작가는 대남의 얼굴을 다시 떠올렸다.

불을 지핀다고 했다. 방송 중간쯤만 해도 국내 영화계에 거대한 횃불이 불러일으켜질 것이라 짐작했다. 하나 그 예상은 보기 좋게 빗나갔다.

"횃불이 아니라, 폭발을 일으켰네, 그 남자."

"황금양에 오신 것을 환영합니다."

대남의 친절한 안내에 곽열 감독과 조윤호는 커진 눈동자로 황금양 내부를 살피기에 바빴다.

녹화 촬영 현장에서 구두계약으로만 이루어졌던 일이 촬영이 끝나자마자 일사천리로 진행되었다.

본격적인 계약 조건을 듣기에 앞서 찾은 황금양은 소문 그 이상이었다. 일전에 방송을 통해 건물 내부가 노출된 적이 있긴 했지만 편집된 화면과 실제로 직관하는 내부의 전경은 차원을 달리했다.

"윤호 씨, 원래 요즘 기획사들은 사옥이 이렇게 대단합니까?"

곽열 감독이 옆에서 함께 걷고 있던 영화배우 조윤호를 향해 낮게 물었다. 자신이 영화계를 은퇴한 지 오랜 세월이 흘렀다고는 하지만 황금양의 모습은 가히 충격적이었다.

그리고 그러한 충격을 받은 것은 비단 곽열 감독만이 아니었다. 조윤호 또한 수많은 기획사를 방문해 보았고, 본인이 속해 있었던 소속사 또한 국내에서 내로라하는 곳이었지만 이토록 세련된 사옥을 소유하고 있지는 않았다.

"저, 저도 이 정도 사옥은 처음 본지라……."

거기서 끝이 아니었다. 2층에 들어서자 직원들의 복지시설을 비롯해 자유분방한 내규 문화에 두 사람은 절로 혀를 내두를 수밖에 없었다.

문화·예술업계는 겉으로는 화려해 보여도 속으로는 기강과 규율이 군대 못지않은 곳이다. 한데 황금양 사옥 곳곳에 자리한 직원들의 자유스러움은 무엇이란 말인가.

두 사람이 그렇게 의문을 품을 때쯤 발걸음은 이미 대표실 문 앞에 다다라 있었다.

"드시지요."

대남은 찻잔에 차를 우려내어와서는 소파에 앉은 두 사람에게 건네었다. 찻잔을 들어 간단히 마른 입을 축이려 할 때쯤, 그새를 참지 못하고 조윤호가 질문을 해왔다.

"대표님 정말 놀랐습니다. 소문으로 듣기야 했지 신생 기업인 황금양이 이 정도일 줄은 상상도 못 했으니까요. 원래부터 문화·예술업계에 관심이 많으셨던 겁니까?"

"아버지께서 출판업을 하셨으니 자연히 관심이 갈 수밖에 없었습니다. 하지만 황금양의 내규는 기존의 문화·예술업계를 뒤따르지 않았습니다. 그들의 방식은 아직도 과거에 얽매여 있고 후진적이기 때문이죠."

"……솔직히 오늘 이 자리에 오기까지 많은 기획사의 러브콜을 받았지만 계약하지 않은 게 다행이라는 생각이 들었습니다. 국내에 굵직한 기획사들을 여럿 보았지만 이 정도는 없었으니까요. 규모에서 놀라기보다 기업 문화가 놀라웠습니다. 마치 외국에 있는 기분이 드네요."

조윤호는 황금양이 꽤나 마음에 드는 듯 연신 조잘거렸다. 그에 반해 곽열 감독은 표정에서 많은 생각이 스쳐 지나가고 있었다.

이윽고 곽열 감독이 대남을 향해 굳게 닫혀 있던 말문을 열었다.

"김대남 대표께서는 분명 모험적인 작품으로 승부수를 띄워 보겠다고 했소. 단도직입적으로 말하면 내가 구상 중인 작품이 있긴 하지만 많은 투자 금액을 필요로 합니다. 그 때문에 여태껏 투자자들에게 외면을 받았기도 하고, 실제로 영화가 흥행이 힘들 경우 출연료조차 제대로 장담을 못 하기에 수많은 배우가 출연을 고사했었습니다."

곽열 감독은 자신의 속내를 털어놓았다. 대남은 그의 이야기를 들으면서 고개를 주억거렸다.

분명 현시대에 상업 영화가 아닌 영화에 모험을 할 투자자는 국내 영화계에 존재하지 않았다. 대남은 곽열 감독을 향해 고개를 저어 보이며 입을 열었다.

"그 문제에 관해서는 걱정을 하지 않으셔도 괜찮습니다."

"……?"

"곽열 사단이 준비하는 작품에 관해 투자는 제가 직접 참여를 할 것이니까요."

"……!"

곽열 감독은 믿기지 않는 듯한 눈동자였다.

"내가 무슨 작품을 할 줄 알고 그렇게 말하는 것입니까."

곽열 감독은 아직 대남에게 구상 중인 영화각본을 보여준 적도 없다. 한데, 대남은 묻지도 따지지도 않고 자신을 믿어주고 있었다. 물론 그 이면에는 곽열 감독이 무조건 성공할 거라는 확신이 있었다.

'곽열 감독. 당신의 성공은 예정된 수순이고, 미래의 역사입니다. 그리고 난 그 역사의 한가운데 설 것이오.'

물론 곽열이 메가폰을 잡아 영화를 촬영하는 시기가 대남으로 인해 빨라진다고는 하지만 흥행의 역사가 뒤틀려지는 일은 없을 것이다.

곽열은 누구나 알아주는 당대의 거장이었고, 거장에겐 시대를 막론하고 대중을 사로잡는 힘이 있었다.

"참, 배우들의 출연 문제에 관해서도 걱정하실 것은 없습니다. 지금은 저희 황금양 소속 배우로 조윤호 씨밖에 없지만 앞으로는 사정이 달라질 테니까요."

대남의 호언에 조윤호와 곽열 감독의 얼굴에 의문이 피어올랐다. 대남은 그들의 의문을 해소시켜 주려는 듯 찻잔을 소리 나게 내려놓으며 말했다.

"이미 황금양이 국내 영화계를 움직이기 시작했으니까 말이죠."

녹화 촬영 현장에서의 스카우트는 이미 입소문을 타고 금세 소문이 퍼져 나갔을 터였다.

대남의 예상대로 이튿날 꿀벌이 꽃을 찾아 날아오르듯, 기자들이 특종을 찾아 분주히 움직이기 시작했다.

- 4장 -
반갑다, 친구야!

[황금양, 영화배우 조윤호와 곽열 감독 스카웃!]

[김대남 대표, 공개된 방송 촬영 현장에서 과감한 언행 또다시 주목!]

[이래도 괜찮은가, 황금양의 질주!]

'영화가 간다' 녹화 촬영 이튿날부터 각종 언론사를 통해 그 날의 이야기가 알음알음 퍼져 나가기 시작했다.

조간신문 때야 서로 진위를 살피며 눈치를 살폈지만, 시간 이 지나자 거대 특종으로 변질되어 모든 언론사 연예부의 타 깃이 되었다.

"선배님, 기획사가 영화배우 스카우트한 게 뭐가 큰일이라고 이렇게들 호들갑이죠……?"

"너 연예부 기자 맞냐? 조용히 하고 얼른 짐이나 싸. 출장 나가야 하니까."

K신문사 김 기자는 후배의 막돼먹은 질문에 혀를 내둘렀다. 마음 같아서는 주먹으로 머리라도 쥐어박고 싶지만 그럴 시간이 없었다.

"어디로 출장을 가는데요?"

"……."

"악!"

김 기자는 눈앞의 후배를 조인트를 까버렸다. 후배는 정강이가 시큰한지 손으로 연신 비벼댔다.

마음 같아서는 버리고 가고 싶지만, 그래도 신입 사원 아닌가. 김 기자는 속으로 참을 인 자를 되뇌며 출장 나갈 채비를 서둘렀다.

"딱 보면 모르냐? 황금양이지, 황금양. 들리는 소문이 사실이면 이건 특종이야 특종. 황금양 건물 앞에 가서 대기하고 있으면 잘하면 김대남 대표 취재 몇 컷이라도 따낼 수 있을지 모르지."

부리나케 짐을 챙겨 뛰어나가는 김 기자의 뒤로 후배가 곧장 따라붙었다.

김 기자는 후배가 아파하는 정강이를 붙잡고 뛰어와도 아랑곳하지 않고 곧장 지하 주차장으로 내려가 자동차에 시동을 걸었다.

"으아악."

김 기자가 보란 듯이 액셀을 밟으며 시속을 올리자 후배가 놀라 안전벨트를 부여잡았다.

한시라도 빨리 종로에 있는 황금양 사옥으로 가야만 했다. 얼마나 달렸을까, 어느새 고지가 눈앞에 보였다.

"주차는 할 줄 알지?"

자동차 키를 후배에게 던지다시피 건네고서는 김 기자는 서둘러 황금양 사옥 앞으로 뛰어갔다. 부푼 마음을 안고 달려갔지만 얼마 가지 못해 낙담할 수밖에 없었다. 황금양 사옥 앞을 가득 메운 기자들로 인해 말이다.

"선배님, 왜 그러십니까."

주차를 끝마치고 뒤늦게 등장한 후배가 눈치 없이 물어왔다. 김 기자는 입으로 대답할 힘도 남아나지 않아 손가락으로 인산인해를 이루고 있는 기자 집단을 가리켰다.

대부분이 오늘 아침 발표된 조간신문 헤드라인을 보고 앞다투어 달려온 것일 터, 하지만 황금양의 문은 굳건히 닫혀 있었다.

"완전 소문 난 맛집이 따로 없구만, 순번 표로 대기를 한다 치면 세 자릿수까지 가겠어……."

김 기자가 사옥 앞에 진을 치고 있는 기자들을 바라보며 푸

넘했다. 아마도 서울 전역의 연예부 기자들이 전부 집합이라도 한 듯한 광경이었다.

영화배우 조윤호는 톱스타 중 톱. 말 그대로 현재 가장 핫한 배우이고, 곽열 감독은 은퇴를 했었다고는 하나 과거 임건택 감독과 어깨를 나란히 했던 거장이다. 이 정도 사달이 날 만했다. 연줄과 인맥이 없다면 취재는커녕, 김대남 대표의 그림자 한 번 못 볼 것이 뻔했다.

김 기자가 땅이 꺼져라 한숨을 내쉬자 옆에서 그런 모습을 바라보던 후배가 잠시 뜸을 들이다 입을 열었다.

"선배님, 지금 김대남 대표 취재하고 싶어서 그러시는 거죠?"

"그걸 말이라고 하냐……."

"제가 연결해 드릴까요?"

"……!"

갑작스러운 후배의 말에 김 기자의 눈동자가 못 믿겠다는 듯이 확장되었다.

"네가 어떻게……?"

김 기자의 물음에 후배는 피식 웃더니 곧장 도로변에 설치된 공중전화 박스를 향해 갔다. 얼마나 시간이 지났을까, 수화기를 붙잡고 통화를 하던 후배가 전화를 끝마치고 김 기자에게로 돌아왔다.

학수고대하며 기다렸던 김 기자를 향해 후배가 말했다.

"선배님, 김대남 대표 지금 어디 있는지 알아냈습니다."

"황금양 사옥에 있는 거 아니었어……?"

"다들 그렇게 알고 있는데, 오늘 출근 안 했다고 하는데요."

"그럼……?"

김 기자의 의아한 물음에 후배는 머리를 긁적이며 말했다.

"학교 갔다는데요."

"자네들 요즘 세간을 떠들썩하게 만드는 주요 법률 개정이 무엇인지 알고 있나."

노교수가 강좌를 듣는 법학도들을 바라보며 말했다. 그의 물음에 쉽사리 대답할 수 있는 학생은 없었다.

그만큼 사회가 혼란스러웠고, 주요 법률에 대한 분쟁이 하루도 끊이지 않고 법률저널에 기고되고 있었다.

노교수는 뒷짐을 지며 말을 이었다.

"그래, 쉽게 말 못 할 법도 하지. 다가오는 대선을 앞두고 선거법 개정에 관한 말들이 정치권에서 많이 오가기도 하지만 정작 노동자들의 권익을 신장시키기 위한 노동법 개정에는 관심이 없으니까 말이야. 사회계층마다 쟁점이 되는 법률 개정은 다르게 마련이지. 그런데 말이야, 오늘 아침 조간신문을 보는데 한 기사가 눈에 들어오더군."

노교수의 말에 학생들이 눈을 빛내기 시작했다. 오전 내내 이어지는 이론적인 법률 강의는 강행군이었으며 한편으론 지루한 면이 없지 않아 있었다. 이따금 이렇게 다른 방향으로 사설이 길어질 때면 잠깐이나마 휴식시간을 가지는 것 같았다.

"평소에는 보지도 않는 연예부 기사였는데, 오늘따라 유난히 눈에 띄더군. 자네들 황금양이라는 기업을 들어봤나? 문화·예술업계에 혜성처럼 나타난 신생 기업이지만 사업 관념이 선발 주자들과는 확연히 다르더군. 솔직한 말로 놀랐다네. 만약 그 같은 회사가 존재한다면 노동법이 개정될 필요도, 존재할 이유도 없을 것 같았으니 말이야."

강의를 듣던 학생들은 절로 고개를 끄덕였다. 두꺼운 법학 서적을 껴안고 사는 법학도들이었지만 황금양이라는 기업에 관해서는 익히 들어보았다.

시대는 변하고 있고 하루에도 수많은 기업이 나타났다가 사라지는 형국이지만 그중에서도 황금양은 군계일학이라고 칭할 수 있을 만큼 청년들 사이에서 대기업보다도 선호도가 높은 기업이었다.

그리고 하나 더, 법학도들의 관심을 끄는 결정적인 이유는 따로 있었다. 노교수가 눈을 가늘게 뜨고는 뒤이어 입을 열었다.

"그리고 그 황금양의 대표가 우리 법학부 학부생이지. 자네들 대부분이 아마 알고 있을 거야. 한국대학교의 천재 김대남에 대해서 말이야. 참으로 특이한 학생이었지. 대부분이 어리숙한 신입생 시절에 전공과목을 선택해 기존의 선배들보다 뛰어난 법률 지식을 선보였으니 말이야. 그 친구가 수업을 들을 때면 강좌의 교수였던 나로서도 긴장되기는 마찬가지였어. 아직 졸업하지는 않았지만 법학 교수들 사이에서 많은 일화를 남겼을 정도니 말이지."

대남은 이미 한국대학교 내에서 유명인사였다. 특히 법학부 안에서는 살아 있는 전설로 자리매김하고 있었다. 사법 고시 수석 합격도 모자라 각종 방송에 나와 보인 기재의 모습은 이미 범인의 상상을 초월하고 있었기 때문이다.

"교수님, 혹시 김대남 선배에 관한 일화를 들어볼 수 있을까요? 수업시간에 그렇게 뛰어났다고 하던데 말입니다. 궁금합니다!"

그 순간, 학생 중 누군가가 이 자유 시간의 달콤함과 궁금증을 견디다 못해 손을 들어 말했다.

노교수는 그런 학생의 마음을 이해한다는 듯 입가에 미소를 지어 보였다.

"김대남 군과 얽힌 일화라, 제삼자인 교수인 나보다 본인에게 직접 듣는 것이 좋지 않겠나?"

"······?"

교수의 물음에 학생들의 얼굴에 의문이 피어올랐다. 대남이 아직 학교를 졸업하지 않았다는 사실을 알고는 있었지만 수업에 출석하지 않는 것이 보통이었다.

우스갯소리로 총장을 만나는 것보다 김대남을 만나는 것이 족히 수십 배는 어렵다는 말이 맴돌았을 정도다.

노교수는 눈앞에 벌어진 광경이 재밌는지 주름이 가득한 눈매를 휘어 보였다. 그러고는 곧장 손을 들어 강의실 맨 뒷자리 구석 부분을 가리키며 말했다.

"그만 일어나게나. 자네를 보고 싶어 하는 학우들이 많은 것 같으니."

노교수의 손가락을 따라 학생들의 시선이 함께 따라갔다. 그곳에는 야구 모자를 푹 눌러쓴 남학생이 앉아 있었다. 모두가 의아해하던 그 순간, 남학생이 자리에서 일어나며 모자를 벗어 보였다.

"······!"

학생들의 눈이 경악으로 물들었다. 놀라움과 감탄이 섞인 탄성이 곳곳에서 터져 나왔다.

그리고 그들의 시선이 향하는 곳에는 입가에 머쓱한 미소를 머금은 대남이 서 있었다.

"반갑습니다, 학우 여러분. 김대남입니다."

이미 웬만한 연예인만큼 유명해진 대남의 얼굴을 알아보지 못하는 이는 없었다. 더군다나 오늘 아침, 수많은 신문기사 헤드라인을 장식했던 장본인이다. 지금쯤 기자회견이라도 열고 있을 거라 생각했었는데, 웬걸 함께 강의실에서 법학 강의를 듣고 있었다니.

"사실 오랜만에 수업만 몰래 듣고 가려고 했는데, 교수님께서 이렇게 자리를 만들어주셨으니 질문을 안 받아볼 수가 없겠군요. 궁금한 게 있다면 저에게 질문하셔도 됩니다."

대남의 말이 끝나기가 무섭게 강의실 곳곳에서 손바닥이 재빠르게 천장을 향해 치솟았다.

"가장 빨리 손을 들어주셨네요."

대남은 그중 한 명을 골라 가리켰다. 여학우였는데 대남의 선택을 받자 얼굴이 붉어졌다. 그녀는 곧이어 작은 목소리로 그 입술을 열었다.

"김대남 선배께서 사법 고시 초시 동차 수석을 하셨다는 건 익히 알려진 사실인데요. 저희도 사법시험을 준비하는 입장으로서 그게 얼마나 대단한 업적인지 뼈저리게 알고 있습니다. 혹시 후배인 저희를 위해 해주실 말씀은 없으실까요?"

여학우의 말에 모두의 이목이 대남에게로 쏠렸다.

한국대학교에서 사법시험 합격자들은 많이 배출해 왔지만 사법 고시 초시 동차 수석은 그야말로 모래알 속 진주를 찾는 것보다 보기 어려운 것이었다. 그의 입에서 어떠한 말이 나올지 궁금해하던 찰나, 대남은 도리어 질문을 해왔다.

"후배님께서는 법학 서적을 공부하는 것에 있어 어떠한 점이 가장 힘드십니까."

"……아무래도 방대한 양이 가장 고민이에요. 일 년이 지나면 새로운 법률이 제정되거나 개정이 되니 추가적으로 외워야 할 것도 많고 기본적인 법학 서적 외에도 새끼 과목이라고 해서 수많은 법률 파트를 숙지해야 하니 사실 사람의 머리로 할 수 있는 공부인가 싶었어요."

여학우의 말에 강의실 내에 자리한 학생들이 동조하며 고개를 끄덕여 보였다. 대남은 그들을 바라보며 다시 말했다.

"맞습니다. 사법 고시를 공부하면서 많은 사람이 느끼는 가장 큰 벽은 아무래도 방대한 암기량입니다. 하지만 다르게 생각해 보면 다른 시험들과 다르게 모든 답이 이미 법학 서적 속에 있는 것이나 다름없습니다. 하지만 미래를 알고 있다고 해서 과정이 완벽해지는 것은 아니죠. 고시공부를 시작한다면 달리 해줄 수 있는 말이 없습니다. 자기 자신을 돌이켜보고 마라톤의 끝을 볼 수 있는 사람이라면 지금 당장 시작하세요. 그리고."

"……."

"만약 마라톤을 시작했다면 끝을 볼 때까지 쉬지 않고 달려

나가세요. 하루가 쌓이고 쌓여 내일이 되는 것처럼 어느샌가 당신은 원하는 미래에 도달할 수 있습니다. 아무리 힘들고 긴 마라톤이라도 끝은 있으니까요."

사법 고시는 법학도의 숙명과 다름없었다. 강의실 내 학생들이 전부 대남의 말에 감명을 받았고 질문을 했던 여학우는 결심에 찬 표정으로 자리에 앉았다.

대남은 뒤이은 질문을 받기 위해 또 다른 학생을 가리켰다.

"내년 사법연수원에 입소하신다고 알고 있는데요. 한데, 현재 황금양이라는 문화·예술기업을 운영하시는 것으로도 알고 있습니다. 이미 많은 파급력을 일으킨 회사라 요즘 청년들 사이에서는 모르는 이가 없을 정도니까요. 궁금한 건 사법연수원 수료 이후 어떤 직책을 맡게 되실까에 관련한 겁니다."

"황금양은 짧은 세월을 바라보고 만든 기업이 아닙니다. 앞으로의 문화·예술업계를 주도하기 위해 만든 기업이니만큼 제가 잠시 자리를 비운다고 해서 문제가 될 정도로 기반이 얕지 않죠. 사법연수원을 수료한 이후에는 검사 위임장을 받아보고 싶군요."

뜻밖의 말에 모두가 놀란 표정이 되었다. 대부분이 대남이 사법연수원을 수료하고 변호사직에 몸담을 거라 예상했기 때문이다. 변호사 겸 기업 대표로 활약을 할 거라는 예상과 달리 검사라는 직함이 그의 입에서 나오자 수군거리는 소리가 커져갔다.

하지만 대남이 다시 입을 열자 모두가 쥐죽은 듯 조용해졌다.

"사법연수원 수료 성적에 따라 나뉘겠지만, 전 검사직을 원합니다. 그 이유는 제가 문화·예술업계를 비롯한 대한민국의 기업 실태를 알아보니 이곳저곳에 도둑놈들이 많더라고요. 앞으로 제가 나아갈 시장인데 시정잡배들이 있어야 되겠습니까."

대남은 오래간만에 찾은 교정의 모습에 흠뻑 취해 있었다. 몰래 강의만 듣고 갈 작정이었는데 어쩌다 보니 학우들 앞에서 기자회견을 방불케 하는 질의응답 시간을 가져야만 했다.

다행히 아직 대남이 학교에 있다는 소문이 널리 퍼진 건 아닌지, 모자를 푹 눌러쓴 대남의 모습을 알아보는 이들은 없었다.

오늘 아침 황금양 사옥 앞을 기자들이 가득 메울 것을 예상하고 자리를 비웠다.

이미 녹화 촬영 현장에서 있었던 일이 대서특필되고 있는 상황이었고, 애가 타는 이들은 다름 아닌 기자들과 문화·예술업계 종사자들일 것이다.

"원래 주인공은 가장 마지막에 등장하는 법이지."

대남은 황금양 사옥 앞을 가득 메웠을 그들을 생각하며 벤치에 몸을 기대었다. 가을의 교정은 떨어지는 낙엽만큼이나 정적인 분위기를 이뤄냈다.

"이제 올 때가 됐는데……."

대남은 손목을 들어 시계를 바라봤다. 시간을 보니 얼추 약속된 시간에 다다라 있었다. 오늘 아침까지만 해도 취재에 응답할 생각이 없었지만 뜻밖의 이로부터 연락이 온 것이다.

"오래간만이네."

과거를 회상하는 대남의 눈동자는 그 어느 때보다 맑아져 있었다. 이윽고 한국대학교 법학관 앞으로 승용차 한 대가 들어왔다. 대남은 승용차에서 내리는 두 남성을 바라보며 벤치에서 일어났다.

"정말로 김대남 대표가 만나준다고?"

김 기자는 믿기지 못하겠다는 눈치로 후배를 바라봤다. 김대남 대표는 젊은 나이였지만 이미 문화·예술업계에서는 알아줄 법한 인물이 되었다.

웬만한 기자 경력으로는 인터뷰 요청이 통하지 않았다. 한데, 이제 막 신입 사원으로 들어온 녀석이 호언장담하며 김대남 대표를 만날 수 있다고 한다.

"선배님, 정말이라니까요."

후배의 말에 김 기자는 끝까지 의심의 눈초리를 풀지 않고 승용차에서 내렸다. 도착한 곳은 살면서 한 번도 와보지 못했던 한국대학교였다. 수재들의 집합소라고 불리는 그곳에 도착하니 왠지 모르게 기가 죽었다.

"김대남 대표가 진짜 여기 있긴 한 거냐……?"

김 기자가 의문스럽게 물으며 주위를 훑었다. 아무리 둘러봐도 김대남 대표는 보이지 않았다. 그리고 그 순간, 시선 너머에서 한 남자가 자신들을 향해 걸어오고 있었다.

야구모자를 깊게 눌러 쓴 탓에 얼굴은 자세히 보이지 않았지만 눈썰미가 예리한 김 기자는 단박에 알아차릴 수가 있었다.

"저, 저……!"

김 기자가 놀란 목소리로 대남을 가리켰고, 대남은 모자를 벗어 보였다. 김 기자의 눈이 휘둥그레졌고 그 시선은 대남과 후배를 번갈아 가리키고 있었다.

이윽고 대남이 김 기자를 스쳐 지나 후배를 껴안으며 말했다.

"반갑다, 영출아!"

고등학교 시절 단짝이었지만 학력고사를 말아먹은 영출이 고등학교 졸업식이 끝나기도 전에 군에 입대해 한동안 보지 못했었다.

야간대학을 다니면서 신문사에 신입 사원으로 입사를 했다는 이야기는 들었지만, 연예부 기자가 되었을 줄이야 꿈에도 상상 못 했다.

"오랜만이네, 새끼."

영출이 대남을 보며 멋쩍게 웃어 보였다. 두 사람의 만남을 김 기자는 휘둥그레진 눈동자로 바라보고 있었다. 신입 사원으로 입사한 지 얼마 안 된 신출내기와 황금양의 대표 김대남이 아는 사이라니, 눈으로 보고도 못 믿을 지경이었다.

대남은 그런 김 기자가 안중에도 없는지 영출을 바라보며 계속해서 말했다.

"갑자기 웬 기자 일이냐. 솔직히 전화 받았을 때 엄청 놀랐다."

"아버지 향우(鄕友)분이 바로 우리 신문사 편집장님이셔. 그 덕에 운 좋게 야간대학 다니면서 학비 벌 수 있게 해주신 거지. 맞다, 이분이 바로 내 사수이신 김호중 기자님이셔."

"아, 안녕하십니까……!"

영출의 갑작스러운 소개에 김 기자가 저도 모르게 고개를 깊숙이 숙이며 크게 인사했다. 선후배의 기강을 엄격하게 생각하던 김 기자의 기존 모습에선 찾아볼 수 없는 그림이었다. 마치 신입 사원이 길을 지나다 회사 대표를 만난 격처럼, 김 기자는 꽤나 긴장해 있었다.

"반갑습니다. 김대남입니다. 영출이 사수분이시니까 아무래도 연예부 소속 기자시겠죠."

"네, 네. 그렇습니다."

"일단 자리를 좀 옮겨야겠는걸요."

대남이 쓰고 있던 모자를 벗자 법학관 주위에서 수군거리는 소리가 들려왔다.

수군거리는 소리는 점차 커져, 이제는 아예 창밖으로 고개를 내밀고 쳐다보는 시선까지 생겨났다.

얼마 전까지만 해도 이 정도까지는 아니었는데, 아무래도 금일 아침을 장식한 각종 헤드라인을 장식한 기사들의 영향이 컸다.

세 남자는 한국대학교 중문과 멀리 떨어지지 않은 다방으로 자리를 옮겼다. 아직 학교는 강의가 한창이었기에 다방 안은 사람이 없다시피 한적했다.

혹여나 알아보는 이들이 있을까, 구석 자리에 앉고 나서야 세 사람은 안도의 한숨을 내쉬었다.

"선배님, 잠깐 대남이랑 이야기 좀 나눠도 되겠습니까……?"

"어? 어, 그래, 그래."

영출의 말에 김 기자가 서둘러 고개를 끄덕여 보였다. 그러고는 곧장 자리에서 일어나 자리를 비켜주었다.

다방 밖으로 나와 담배 한 개비를 입에 문 김 기자는 도통 일련의 일들이 꿈만 같아 아직도 어안이 벙벙한 표정이다.

'대남이라니……!'

김 기자는 조금 전 후배의 입 밖으로 튀어나온 말에 놀랍다 못해 경이로울 정도였다.

황금양의 김대남 대표는 기업의 대표이사로서도 탁월한 수완을 선보였지만 그 이전에 불세출의 천재라는 타이틀을 달고 있는 남자였다.

제대로 취재만 할 수 있다면 기자들이 입소문으로 작성한 조간신문의 기사들은 다 제칠 정도의 대박이었다. 김 기자가 담배 한 모금을 거세게 빨고는 숨을 내쉬었다. 뿌연 연기가 부푼 청사진을 품고 하늘 위로 피어올랐다.

"대남아, 오랜만에 만났는데 이런 부탁 해서 미안하다. 사실 편집장님 도움으로 입사를 하기는 했는데 내가 업무 처리가 수월하지 못해 신문사에서 꽤 눈칫밥을 먹고 있거든. 사수도 나 때문에 맨날 깨지고 말이야. 혹시나 도움이 될 수 있을까 전화를 걸어봤는데……."

"김영출이, 오늘따라 왜 이렇게 말이 기냐."

"어……?"

"우리가 그런 사정 봐가면서 부탁할 사이냐, 친구잖아."

대남의 말에 영출은 순간 울컥해 눈시울이 붉어졌다.

"영출이 네가 갑자기 군대를 가버리는 바람에 연락도 뜸했잖아. 그리고 나도 사법 고시 준비하고 이것저것 벌려놓은 게 많아서 널 찾기도 힘들었고 말이야. 그래도 몇 년 만에 만났는데도 어제 만난 것처럼 느껴지네."

영출은 군 제대를 하고 난 뒤에도 대남에게 쉽사리 연락을 할 수가 없었다. 고교 시절 절친한 친구였지만 어느새 둘 사이의 간극은 더 이상 좁힐 수 없을 만큼 거대하고 깊어졌기 때문이다. 사회적 지위는 물론이고, 쌓아 올린 역량을 살펴보아도 대남은 비교 불가의 상대였다.

한데 대남은 그런 것들에 전혀 개의치 않는 듯했다. 마치 어제도 봤던 것처럼 자신을 대하는 대남의 모습에 여태껏 자신의 생각이 어리석었다는 것을 깨달은 영출이 소매로 눈물을 훔치며 말했다.

"그럼 부탁 좀 하자, 친구야!"

과거의 모습처럼 활기찬 영출의 모습에 대남이 입가에 흡족한 미소를 지어 보였다.

"그래, 인마!"

"김대남 대표님, 어제 MBS 시사·교양 프로그램에서 영화배우 조윤호 씨와 곽열 감독을 그 자리에서 스카우트했다는 것이 사실입니까……?"

김 기자는 떨리는 목소리로 물었다. 기자 생활을 해왔지만 연예부 기자라는 것이 늘 그렇듯, 탤런트들의 속사정을 캐기에 바빴고 가십거리를 찾기에 항상 동분서주했었다.

이토록 거물급과 단독 취재를 나눈 일은 이번이 처음이나 마찬가지였다. 대남은 김 기자의 물음에 소파에 기대었던 몸을 앞당기며 말했다.

"사실입니다."

"그, 그렇다면 황금양에서 곽열 감독을 스카우트한 이유를 알 수 있을까요? 조윤호 씨는 배우라서 인프라 구축에 도움이 될 테지만 신생 기획사에서 감독을 스카우트하는 경우는 드물어서요."

"국내 영화계는 고인 물이나 다름없습니다. 개중에는 뜻을 가졌지만 고인 물속에서 영영 헤어 나오지 못하고 있는 분들도 계시죠. 전 그런 사람들에게 손을 내밀 뿐입니다. 그리고 그 첫 번째가 곽열 감독님이었고 말이죠."

"……!"

대남의 거침없는 언행에 수첩을 적어 내려가던 김 기자의 볼펜이 잠시나마 멈췄다.

국내 영화계를 고인 물이라고 평가하는 대남의 행동은 그간 문화·예술업계를 바라봐왔던 김 기자의 시선에서는 충격 그 자체였다. 혹시나 몰라 양해를 구하고 녹음기를 켜놨다는 것이 천만다행이었다.

"황금양에서 여태껏 배우를 영입하지 않다가 조윤호 씨와 곽열 감독의 스카우트 기사가 터지니 지금 충무로에서는 황금양에 관한 이야기로 수많은 말이 오가고 있는 상태입니다. 혹 충무로의 영화배우 중 영입을 원하는 배우가 있습니까?"

"연기력으로만 따지자면 현재 충무로에는 걸출한 배우들이 많습니다. 그렇다고 연기력이 입증된 배우만을 스카우트할 생각도 없습니다. 일단 원석이라고 판단되면 나이, 성별을 막론하고 영입할 겁니다. 하지만 아무래도 기존의 소속사들이 자신들의 배우를 뺏기려 들지 않겠죠."

"……"

"그렇다고 굳이 제가 나서서 뺏을 생각도 없습니다."

대남의 말에 김 기자는 의문이 들었다. 배우 조윤호의 경우에는 특이한 케이스였다.

출연 영화가 개봉하고 난 뒤에 계약 기간이 끝났으니 말이다. 그마저도 기존의 소속사와 계약 갱신 이야기가 오가던 차에, 황금양으로 스카우트된 것이었다.

이미 연기력이 입증된 유명배우들은 각자의 소속사를 가지고 있게 마련인데 스카우트를 하지 않는다면 어떻게 빼내 올 생각인가, 김 기자가 그렇게 생각하고 있을 무렵 대남이 턱을 괴며 말을 이었다.

"제가 굳이 애쓰지 않아도, 알아서 찾아올 겁니다."

광오하다고 할 수 있는 답변에 김 기자는 저도 모르게 침을 꿀꺽 삼켰다. 하지만 여태까지 그가 벌여온 행보를 보면 허투루 말하는 것은 아닐 터, 김 기자는 마른 입술을 쓸며 재차 질문했다.

"현재 황금양은 외화 배급 사업에도 대성공을 거두셨는데, 앞으로의 계획은 어떻습니까. 항간에서는 위험부담이 큰 배급 사업을 황금양이 이제 그만 접을 거라는 말도 나돌고 있는데 말입니다."

"외화 배급은 꾸준히 이루어질 장기간의 사업입니다. 위험부담이 있다는 건 앞을 볼 줄 모르는 이들에게나 해당하는 말 아니겠습니까. 황금양은 앞으로도 곽열 감독과 같은 배우가 아닌 명망 있는 영화 제작자들을 다수 영입할 생각입니다."

"그 말인즉 황금양이, 배급사와 더불어 영화 제작사로 사업을 확장하신다는 말씀이신가요……?"

"맞습니다. 제가 만들 생각입니다."

김 기자의 목울대 사이로 침 넘어가는 소리가 들렸다. 대남은 그런 김 기자를 바라보며 뒤이어 말했다.

"국내 영화 중에 볼 게 너무 없어서 말이죠."

다방에서 김 기자와의 인터뷰가 끝나고, 영출은 대남의 손을 마주 잡고 고맙다는 말을 했다. 사수와 대남 사이에서 느껴졌던 거리감에 대남이 얼마나 대단한 인물인지 다시금 깨달은 것 같았다.

"고맙다, 대남아."

"친구 사이에 이 정도 가지고 뭘. 나중에 소주나 한잔 사라."

"그래, 인마."

대남과 영출이 헤어지는 사이, 김 기자는 한편에서 그 광경을 지켜보고 있었다. 아무리 보아도 적응이 되지 않는 풍경에 고개를 흔들어 보아도 세상은 변하지 않았다.

"그럼 저는 먼저 일어나보겠습니다."

"네, 네! 살펴 들어가십쇼!"

대남이 자리에서 먼저 일어나자 김 기자가 과도하다 싶을 정도로 고개를 숙여 보였다.

황금양 김대남 대표와의 단독 취재는 김 기자의 인생 중에 몇 번 찾아오지 않을 행운이었고, 김 기자는 그 사실을 잘 알고 있었다.

그는 고개를 돌려 바로 옆자리에 앉아 있는 후배, 김영출을 바라봤다.

갑작스러운 사수의 시선에 영출이 당황했지만 김 기자는 아랑곳하지 않고 영출을 얼싸안으며 말했다.

"이 복덩이······! 고맙다 정말!"

대남은 황금양이 있는 종로로 다시 차를 몰았다. 점심시간이 훌쩍 지난 시간이었음에도 불구하고 사옥 앞은 기자들로 아직까지 인산인해를 이루고 있었다.

기자들의 살쾡이와 같은 굶주린 눈길을 피해 대남은 뒷문으로 슬며시 들어갔다.

"오셨어요, 대표님."

"오늘 수고가 많군요, 기자들은 계속 연락 오죠?"

"네, 지금 회사 내에 비치된 전화기마다 불똥이 튀고 있어요."

황금양의 직원들이 대남을 바라보고는 짧게 인사했다.

자유로운 내규 문화 덕에 대표라고 해서 고압적인 분위기를 자아내지 않았다. 처음에는 익숙하지 않아 하던 직원들도 차츰 적응해 나가고 있었다.

"대표님, 아무래도 신문사 한 곳과는 취재를 하셔야 할 것 같은데요. 이대로 불협하다가는 신문사 측에서 각종 소문으로 기사를 내어 루머가 생산될 가능성이 높습니다."

"이미 단독 취재는 하고 왔습니다."

"네……?"

사옥 앞을 붐비는 기자들의 행렬은 끝날 기미를 보이지 않았다. 직원은 급한 불을 끄자는 마음으로 신문사 중 한 곳을 선별해 인터뷰를 하고자 제안을 했는데, 이미 단독 취재를 하고 왔다니 어안이 벙벙할 수밖에 없었다.

"음, 그래도 단독 취재만으로는 시끌벅적한 대중들의 열기를 잠재울 수는 없겠죠."

"……."

"단독 취재 다음으로, 황금양 사옥에서 공식 인터뷰를 한 번 더 하면 되겠네요."

직원의 표정에 의아함이 떠올랐다. 황금양은 이미 많은 언론사의 집중을 받고 있는 시점이었다.

대남은 본래 더 이상의 관심을 피하기 위해 취재는 극구 반대하고 있었는데 단독 취재에 이어서 사옥에서 공식 인터뷰라니, 이해가 되지 않았지만 어쩌겠는가. 직원이 다시 물었다.

"그럼 어느 신문사랑 하시겠습니까, 일단 H신문사와 A신문사가 있는데 둘 다 메이저이고 영향력도 강한 곳입니다. 아니면 B신문사도……."

"K신문사와 하겠습니다."

"K신문사 말입니까……?"

직원은 머릿속을 되뇌어 K신문사를 기억해 냈다. 신문사 중에서도 영세하고 영향력이 없는 신문사였다. 그나마 K신문사가 자극적인 연예 기사들을 최대한 배제한다는 점이 마음에 들기는 했지만 앞서 말한 메이저 신문사들에 비해서는 너무나 초라했다.

하지만 대남은 그런 직원의 생각에도 개의치 않은 듯 뒤이어 말했다.

"K신문사의 김영출 기자로 공식 인터뷰를 진행하겠습니다."

"김영삼! 김영삼!"

영출은 출근을 서두르다 지나치게 큰 소리에 고개를 돌렸다.

아침부터 사람들이 모여 있는 유세 현장이었다. 어느새 떨어지는 낙엽이 겹겹이 쌓여 시린 겨울을 맞이할 준비를 하고 있었다. 그리고 다가오는 대선과 함께 유세 현장의 함성 소리는 점차 커져만 갔다.

"복덩이 왔냐."

사무실에 도착하자마자 영출을 반겨주는 이는 다름 아닌 사수, 김 기자였다.

복덩이라는 그의 말에 영출의 얼굴이 붉어졌다. 그간 서툴 렀던 신입 사원 덕에 속앓이를 했던 김 기자의 표정은 그 어느 때보다도 밝았다.

어젯밤, 김대남 대표를 취재한 기삿거리를 손보느라 두 사람 다 눈 밑에 다크서클이 짙게 내려와 있었지만 오히려 상쾌한 기분이 들었다.

"오늘이 디데이다, 기대해라."

김 기자의 입가에는 승리의 미소가 가득 담겨 있었다. 야근을 하면서까지 완성시킨 김대남 대표의 단독 취재록은 조간신문을 타고 빠르게 전파되었다. 아마 지금쯤 신문 가판대 위에 K신문사의 헤드라인이 장식되어 있으리라.

"아이고, 복덩아!!"

그 순간, 편집장이 사무실 저편에서 뛰어와 영출을 끌어안았다. 그의 손에는 갓 나온 따끈따끈한 조간신문이 들려 있었다.

"고생했다, 정말 고생했어······! 두 사람!"

향우(鄕友)의 부탁으로 집안 사정이 어려웠던 영출에게 신문사의 문턱을 넘게 해주었다. 한데, 일 처리가 빠르지 못하니 편집장도 여간 밑 사람들이 신경 쓰이는 게 아니었다.

그런데 이렇게 특종을 물고 왔다니, 박씨를 물고 온 제비를 본 것처럼 편집장의 입꼬리가 귀에 걸릴 지경이었다.

"그런데 정말 김대남 대표하고 친구 사이라고?"

"네, 편집장님. 고등학교 동창이었어요."

"아이고, 네가 구세주다. 구세주야······!!"

편집장의 얼굴에는 기쁨이 가득했다. 그간 영세한 신문사라고 메이저 신문사에 치이는 경우가 많았다. 유명인들의 취재 순위도 항상 뒷전이었고 기자회견장을 가더라도 발언권은 적었다.

한데 자신이 뽑은 신입 사원이 언론의 이슈로 부상한 김대남 대표의 단독 취재를 따오다니, 그간의 서러움이 씻어 나가다 못해 복권에 당첨된 기분이었다.

"에이 편집장님, 저도 한 건 했습니다. 영출이만 그렇게 칭찬하시면 저 섭섭합니다."

"김 기자야. 네가 너 일 잘하는 거 모르겠냐. 지금 김병권 주필(主筆)이 우리 부서 회식하라고 회식 자금 쏜다고 하더라. 오늘 내가 너 제대로 챙겨줄게. 김 기자 너도 우리 연예부서의 보배다. 보배야!!"

"······!"

편집장의 입에서 주필(主筆)이 나오자 김 기자의 눈동자가 놀라서 더욱 커졌다. 주필은 신문사의 최고 권력자를 일컫는 말이다.

보통 비중이 높은 시사 기사에 참여를 했기에, 연예부는 그저 가십에 지나지 않았었는데 이번 김대남 대표와의 단독 취재록으로 완전히 연예부서 전체의 기세가 하늘을 찌를 듯이 올라갔다.

"오, 복덩이!"

"복덩아, 기운 좀 얻어가자."

"영출이 네가 이 정도 비장의 카드를 숨기고 있었을 줄이야!"

K신문사 연예부 기자들이 하나같이 영출의 곁을 스쳐 지나가며 덕담을 했다. 조간신문이 발행되고 난 뒤, 연예부의 스타는 다름 아닌 영출과 김 기자였다.

단독 취재를 작성한 건 김 기자였지만 인터뷰를 따낸 이는 수습 기자 김영출이라는 사실을 모르는 이가 없었다.

영출은 하루아침에 달라진 자신의 위상에 어안이 벙벙한 표정이었다. 김 기자가 그런 영출의 어깨를 두드리며 말했다.

"너무 부담스러워하지 마라, 네가 정말 잘한 일 맞으니까. 우리 신문사가 다른 신문사들에 비해 열악하니까 항상 쪼들려왔는데 이번에 네가 한 건 터뜨리니까 잔치 분위기인 거야."

"아니에요, 선배님이 취재록을 잘 작성해 주신 덕분이죠."

"인마, 네가 아니었다면 단독 기사가 가당키나 했겠냐. 나도 도움이 되기는 했지만 분명 이 잔치의 주인공은 바로 너다. 김 영출 기자."

사수의 말에 영출은 벅차오르는 감동을 느꼈다. 신입 사원으로서 느꼈던 애환들이 눈 녹듯 사라졌고, 그새 영출은 저도 모르게 눈시울이 붉어졌다.

"사내새끼가 갑자기 왜 울려고 해."

일을 배우는 속도는 느렸지만 그래도 성실한 점 하나는 인정해 줄 만했다. 김 기자는 그런 점을 들어 영출을 높이 샀다. 연예부의 골칫덩어리로 표현될 정도로 극악의 신입 사원이었지만 사수로서 기대감이 큰 후배였다.

"큼, 이번 일로 우쭐할 거라는 생각은 안 하지만 긴장은 풀지 마라. 이런 기회는 쉽게 찾아오는 게 아니니까 다음번 취재가 어렵다고 힘들어하지 말고. 이제부터가 영출이, 네 기자 일의 본격적인 시작이다."

김 기자가 그렇게 부사수 영출에게 조언을 해주고 있을 무렵, 편집부서 저편에서 편집장이 헐레벌떡 뛰어왔다.

갑작스럽게 등장한 편집장의 모습에 김 기자가 자리에서 일어났고 영출도 따라 일어났다.

"편집장님……?"

김 기자의 물음에 편집장은 가타부타 대답하지 않고 영출을 끌어안았다.

"영출아, 지금 황금양에서 연락이 왔다."

"황금양에서요?"

"그래, 이번에 황금양 공식 인터뷰에 우리 K신문사가 지목됐다."

"······!"

김 기자의 동공이 커졌다. 공식 인터뷰는 대개 메이저 언론사를 통해 진행하는 경우가 부지기수인지라 K신문사는 여태껏 이 정도 규모의 공식 인터뷰를 맡아본 적이 없었다.

김대남 대표와 영출이 친해 보이기는 했으나, 이 정도였을 줄이야. 기회는 쉽게 찾아오지 않는다는 자신의 말이 허망할 정도였다.

놀란 두 사람을 바라보며 편집장은 쐐기를 박듯 뒤이어 말했다.

"황금양에서 널 지목했다, 김영출 기자!"

그간, 무성한 소문으로만 접해왔던 황금양에 첫발을 들인 영출의 소감은 이러했다.

'이 세상 회사가 아니에요.'

불과 육 년 전만 하더라도, 전국 곳곳에서 6월항쟁이 불길처럼 치솟았다. 군부정권의 집권에 반발을 일으켰고 사람들은 민주화의 열기에 휩싸였다.

직선제를 통해 새로운 정권이 들어섰지만 군사정권의 이양이라는 느낌을 지울 수 없었고 전국 곳곳에서는 아직도 노동운동이 벌어지고 있는 시점이었다.

족히 십수 년은 일찍이 앞서 나간 듯한 황금양의 모습에 영출은 입을 벌릴 수밖에 없었다.

"대남아, 너 정말 성공했구나!"

"성공했다고 생각하냐."

"그럼 이게 성공이 아니고 뭐냐, 네 나잇대에 이 정도로 자수성가하려면 난 족히 열 번은 다시 태어나야 할 거다."

언론을 통해 친구 대남의 성공 가도는 귀가 따갑도록 들어왔다. 일전의 단독 취재를 통해 위상을 살펴보기도 했지만 체감이 제대로 되지 않았었다. 한데, 황금양의 사옥에 와 보니 알 수가 있었다. 그날 본 대남의 모습은 빙산의 일각이었다는 사실을 말이다.

넋이 나간 영출의 등을 대남이 밀었다.

"시간 없다, 인터뷰 시작하자."

"어, 어. 그래."

공식 인터뷰는 말 그대로 단독 취재에서 담아내지 못했던 황금양의 이야기를 하는 취재였다. 더불어 다른 기사들에서는 찾아볼 수 없었던 대남의 사담까지 담아내어 대중들의 관심에 부응할 수 있는 볼거리를 제공했다.

본래는 베테랑 기자와 대남이 인터뷰를 나누고 수습 기자인 영출은 옆에서 보조를 하는 역할로 진행하는 게 옳았지만, 대남은 영출과의 일 대 일 인터뷰를 원했다.

처음에는 다소 긴장되어 있던 영출도 시간이 흐르자, 친구사이의 대화처럼 편안하게 인터뷰를 진행할 수가 있었다. 비록 녹취 때문에 두 사람 다 평어가 아닌 존대를 해야만 했지만 말이다.

"앞서 했던 질문들과는 다른 질문입니다. 연예잡지에 제보된 바에 의하면 유명 탤런트와 여배우들이 김대남 대표에게 대시를 했다고 하는데 사실입니까? 들리는 소문에 의하면 현재 톱탤런트를 달리고 있는 A씨와 C씨까지 있다고 하던데 말입니다."

"사실일까요?"

"진짜냐……!"

영출이 저도 모르게 반말을 해버렸지만 대남은 끝까지 모호한 답변으로 대답을 대신했다.

공식 인터뷰의 한편을 장식할 사사로운 가십거리 등은 대남의 이미지에 타격을 주지 않는 선에서 계속해서 진행되었다.

"김대남 대표께서 주식의 귀재라는 사실은 익히 유명한 이야기인데요, 현재까지 모은 재산이 2백억 대라는 소문이 있던데 사실입니까?"

"설마요."

대남의 재산에 대해서도 궁금해하는 이들은 많았다. 일찍이 증권가의 신성으로 불리며 갈퀴로 돈을 쓸어담듯 전설적인 투자 신화를 보여주지 않았는가. 항간에는 2백억대의 자산가라는 말도 나돌았는데 반응을 보니 영출은 아니라는 것을 짐작할 수 있었다.

"그렇게 적을 리가 있겠습니까."

"……!"

뒤에 이어진 대남의 말에 영출은 헛바람을 집어삼켰다.

"그, 그럼 마지막 질문입니다. 이제 사법연수원 입소 연기를 했던 기간이 끝나고 내년이면 연수원에 입소를 하게 될 텐데 어떤 심정이신지 궁금합니다."

"솔직히 말씀드리면 별다른 감흥은 없습니다."

"사법연수원은 사법시험의 연장선이라고 평가될 만큼 혹독한 커리큘럼을 따른다고 들었습니다. 2년 동안 법률 공부가 아닌 사업을 병행하셨는데 그 점에 관해서 불안하지는 않으십니까?"

영출의 물음에 대남은 짐짓 뜸을 들이다 입을 열었다.

"저 또한 사법연수원은 경쟁 사회나 다름없다고 들었습니다. 하루하루 뒤처지지 않게, 고시 생활을 할 때와 마찬가지로 밤낮으로 법학 서적을 수학해야 하겠죠. 하지만 걱정은 없습니다."

"……."

"걱정은 아무래도 저와 동기가 되는 분들이 해야겠죠. 약육강식의 세계에서 호랑이가 다른 이들을 두려워해야 할 필요는 없으니까요."

영출이 놀란 눈으로 대남의 대답을 받아 적기에 바빴다. 공식적인 마지막 질문을 끝내고 영출은 녹음기의 정지 버튼을 누르고는 대남을 바라봤다.

"네가 성공했다는 건 알고 있었지만 이 정도일 줄은 몰랐다. 처음에는 부러웠는데 이제는 기쁘다. 내 친구 중에 이렇게 잘난 놈이 있다는 사실에 말이야. 이 정도로 성공하려면 얼마나 뼈를 깎는 노력을 했을지 상상도 안 간다. 정말 축하하고 고생했다!"

영출은 진심으로 대남의 자수성가를 기뻐하고 있었다. 진정한 친구의 의미가 그러하듯, 친우의 행복을 시기하고 질투하기보단 진심으로 위해주었다.

대남은 그런 영철을 향해 물었다.

"앞으로 기자 생활은 계속할 거냐."

"당연하지, 야간대학 졸업하고 나서도 계속해야지. 나도 언젠가는 대기자(大記者) 소리 들어보는 날이 있지 않겠냐."

대기자(大記者)는 해당 신문사를 대표하는 각 방면의 대표 기자라고 생각하면 되었다. 그 자리까지 올라가기 위해서는 경력은 물론이고 특정 분야의 탄탄한 지식을 요했다.

대남은 잠시 동안 눈을 감았다 뜨고는 영출을 향해 말했다.

"영출아 내가 혜안이 있는데, 네 소원 이루어질 거다. 걱정 마라."

"그렇게 말이라도 해주니까 고맙다, 새끼. 그럼 넌 앞으로 뭐가 되고 싶냐. 내가 보기엔 이미 올라갈 데가 없어 보이는데……."

"난 아직 내가 정한 꿈의 산 중턱까지도 못 올라갔다. 정상까지는 멀었어."

영출은 절로 고개를 끄덕여 보였다. 과연 저 정도의 배짱이 있어야 이렇게 클 수가 있다는 생각이 들었다. 그 순간, 대남은 영출을 향해 단호하게 입을 열었다.

"영출아, 나도 내 자리에서 최고가 될 테니 너도 최고가 되라."

"그래, 친구야."

대답을 하는 영출의 눈가는 그 어느 때보다 빛나고 있었다.

대남은 그런 그를 바라보며 흡족한 미소를 지었다. 오랜 친구가 함께 정상에 오를 날을 기대하며 말이다.

공식 인터뷰를 끝마친 영출은 신문사로 돌아갔고, 대남은 소파에 몸을 기대었다.

어느새 창밖으로는 가을이 지나가고 있었고, 한 해의 끝을 알리는 구세군들의 목소리가 들려왔다.

대남은 그 소리를 들으며 혼잣말을 내뱉듯 읊조렸다.

"이제부터가 시작이다."

1992년, 12월 노태후 정권의 집권이 끝나고 새로운 시대가 열리기를 고대하듯 대선이 다가왔다.

3당 합당이 이루어진 시점부터 우리는 제14대 대통령선거의 주인공이 누가 될지 마음속으로 짐작할 수가 있었다.

눈꽃이 휘날리는 하늘 아래 대한민국 전역에서 김영삼의 이름이 널리 울려 퍼지기 시작했다.

이듬해, 이월에 다다르자 여의도 국회의사당 앞뜰에서 열린 대통령 취임식에서 김영삼 대통령은 취임사를 통해 이렇게 말을 했다.

"마침내 국민에 의한 국민의 정부를 이 땅에 세웠습니다. 오늘부터 정부가 달라지고 정치가 달라질 것이며, 변화와 개혁을 통해 살아 있는 안정이 이 땅에 자리 잡을 것이니 국민들은 저를 믿고 지켜봐 주시기 바랍니다!"

군사정권의 시대를 마감하고 문민정부의 시대를 열었다고 자평했지만 그건 앞으로 YS정권이 어떻게 나아갈지 두고 봐야 할 일이었다.

대한민국이 새로운 대통령을 맞이하며 떠들썩하던 그 시각, 대남은 새로운 시작을 위해 사법연수원으로 발걸음을 옮기고 있었다.

- 5장 -

법률의 요람

한국대학교 교정에는 아직 눈이 소복이 쌓여 있었다. 하얀 눈길 위로 발자국이 새겨졌다. 대남은 걸음을 옮겨 박 교수의 연구실로 향했다.

노크를 하고 문을 열고 들어서자 라디에이터에서 나온 열기와 더불어 찻잎을 우려낸 향이 퍼지며 마음을 포근하게 해주었다.

"오랜만일세, 대남 군."

"그간 찾아뵙지 못해서 죄송합니다. 교수님."

"괜찮네, 신문에서 항상 보고 있으니 말이야. 따뜻할 때 한 잔 들게나."

박 교수는 자리에 앉은 대남을 향해 찻잔을 건네었다.

대남이 찻잔을 들어 속을 따스하게 하는 것을 보고 난 뒤에야 박 교수가 말을 이었다.

"이제 졸업이지?"

"예, 이번에 졸업하고 이제 연수원으로 가야죠."

"어떻게 보면 자네의 대학 생활도 참 파란만장했어. 나 때문에 생방송에 출연해 버려서 세간의 관심을 끌게 된 것은 아직도 미안하게 생각하고 있다네."

"아닙니다. 그 덕분에 황금양과 금양출판의 홍보도 할 수 있었는데요."

대남은 박 교수의 방송 출연 제안을 받은 것을 행운이라고 여겼다. 그 덕분에 대중들의 뇌리에 황금양이라는 기업을 단단히 새겨놓을 수 있지 않았는가, 수지타산으로 보자면 이보다 더욱 좋은 기업 홍보는 없을 터였다.

"대남 군, 혹시 시간이 괜찮다면 졸업식 축사를 해줄 수 있겠는가."

"졸업식 답사가 아니라 축사를 말입니까……?"

"본래 졸업식 축사는 사회 저명인사들이 하는 것이 맞으나, 올해만큼은 졸업생 측에서 해도 좋지 않겠냐는 말이 나왔어. 총장님께서도 긍정적으로 생각하시고 말이야, 아무래도 대남 군 자네가 모교를 빛내주지 않았는가."

박 교수의 말에 대남은 고개를 주억거렸다.

졸업식 답사의 경우에야 본래 해당 졸업생이 하는 것이 맞았으나 축사의 경우는 달랐기 때문이다.

작년만 해도 한국대학교 졸업식 축사 자리는 모교 출신 국회의원이 맡아 진행했었다. 부담이 안 되려야 안될 수 없는 자리였지만 대남은 개의치 않는 듯한 표정으로 답했다.

"뭐 한번 해보죠."

대남의 흔쾌한 승낙에 박 교수가 입가에 미소를 지은 채 고개를 끄덕여 보였다.

항상 거침이 없고, 자신만만한 대남의 모습은 박 교수의 호기심을 불러일으켰다. 끊임없이 자라나는 고목에 버금가듯 이제는 대남의 끝이 어디일지 상상조차 가지 않았다.

둘 사이에서 오가는 대화만큼이나 연구실 내에선 따스한 온기만이 가득했다.

졸업식 당일, 아버지의 얼굴에는 미소가 만연했다. 어머니도 그간 차려입지 않았던 한복을 꺼내어 곱게 입고는 함께 한국대학교로 향했다.

입학식을 제외하고는 한국대학교를 방문한 적이 없던 어머니와 아버지는 연신 두리번거리며 학교를 구경하기에 바빴다.

졸업식이라 그런지 졸업생들과 재학생, 그리고 가족들로 학교는 북적거렸고 플래카드가 휘황찬란하게 흩날리고 있었다.

"김대남 대표 아니야?"

"우와, 역시 티비보다 실물이 훨씬 낫네."

"이번에 사법연수원 들어간다고 하던데. 대박이다, 진짜."

대남이 나타나자 수군거리는 소리가 들려왔다. 하지만 졸업식이라 그런지 금세 관심의 방향이 돌려졌다.

부모님과 함께 졸업식장을 향하던 중 저 멀리서 꽃다발을 들고 나타난 이가 있었다.

이미 사법연수원을 수료한 서찬구였다. 그는 깔끔한 정장 차림이었는데 이제는 어엿한 법조인의 냄새가 풍겼다.

"대남아 졸업 축하한다!"

"바쁠 텐데 이렇게 와줘서 고마워요, 선배. 참, 이쪽은 저희 부모님이세요."

"아버지 어머니, 안녕하십니까. 대남이 학교 선배 서찬구라고 합니다."

"안녕하세요, 대남이한테 이야기 많이 들었답니다. 사법연수원을 수료하셨다고 들었는데 앞으로도 대남이와 좋은 인연을 이어가 줬으면 해요."

"하하, 여부가 있겠습니까."

졸업식은 여느 때와 다름없이 진행되었다. 달라진 점이 있다면 축사로 대남이 단상 위에 자리한다는 것이었다.

이미 졸업식이 거행되는 대강당에는 사람들이 가득 들어찼다. 졸업식 축사는 시작 전부터 화제가 되었다.

대남의 출현 하나만으로도 졸업식에 참관한 가족들과 재학생들의 이목이 쏠릴 정도로 파급력은 대단했다.

"아드님이 든든하니 기분 좋으시겠어요."

"서찬구 씨가 보았을 때 우리 아들 괜찮습니까? 아버지인 제가 봐도 때때로 인간미가 없을 정도로 똑똑해서 말이죠. 연수원을 가서도 괜찮을지 괜한 걱정이 드는군요. 워낙 거침이 없는 성격이라서 말입니다."

"그 점 때문에 많은 사람이 매료된 게 아니겠어요. 대중들이 대남이한테 이렇게 열렬한 관심을 보내는 것도 그런 막힘없는 성격과 동반되는 능력 때문일 거예요. 그리고."

서찬구는 잠깐 말을 멈추고는 단상 위로 올라서는 대남의 모습을 바라봤다. 졸업식 축사는 아무나 할 수 있는 일이 아니었다. 더군다나 한국대학교는 수재 중의 수재들로만 모이는 곳으로 유명하지 않은가. 한마디로 그 의미가 남다른 것이다.

한데, 대남의 모습을 보자면 긴장한 기색이 느껴지지 않았다. 오히려 입가에 얕게 묻은 미소가 여유로워 보이기까지 했다. 그 광경을 지켜보던 서찬구가 대남의 아버지를 바라보며 말을 이었다.

"사법연수원은 걱정하실 필요 없어요. 아드님은 웬만한 교수님들도 범접할 수 없는 천재니까요."

그 순간, 대남은 단상 위에 올라서 졸업생들을 바라봤다. 학위 수여식을 위해 학사복을 입고 머리에는 학사모를 쓴 수많은 이들이 한눈에 들어왔다.

그들의 시선은 일제히 대남을 향했고 그의 입에서 어떤 말이 나올지 귀를 기울이고 있었다.

"반갑습니다, 졸업생 여러분. 저는 오늘 과분한 영광을 안고 축사를 하기 위해 이 자리에 올라왔습니다. 제 이름을 아시는 분들도 계시겠지만 모르시는 분들도 있을 거라고 생각됩니다. 오늘만큼은 황금양의 대표 김대남이 아닌 법학과 졸업수여생 김대남으로 인사드리겠습니다. 지금 이 자리에는 저의 부모님이 그러하듯 졸업생 여러분의 가족분들이 대견한 눈빛으로 바라보고 계십니다. 전 오늘 이 자리에서 길지 않은 이야기로 축사를 시작하려고 합니다."

대남의 축사가 시작되자, 주위가 고요해졌다. 졸업생들에게 있어 대남은 동경의 대상이자 동시에 라이벌이었다.

그간 한국대학교에서 배출된 수재들이 있었지만 대남만큼 짧은 시간에 뚜렷한 성과를 나타낸 이는 없었다.

흔히들 개천에서 용이 난다고 하지 않는가, 대남은 이미 그 수준을 뛰어넘었다고 평가되었다.

"민주주의를 갈망했던 세대들은 문민정부의 수립이라는 쾌

거를 얻어냈지만 아직도 부족함을 느낍니다. 노동자의 권익 신장을 외쳤던 이들은 바뀐 시대에도 불구하고 똑같이 노동운동을 펼칩니다. 누군가는 말합니다, 살기 좋은 대한민국에서 왜 데모질이냐고 말이죠. 맞습니다, 살기 좋은 대한민국에서 왜 그 지랄들일까요?"

"……"

"아무래도 살기 좋다는 허울 좋은 말은 몇몇 기득권층에 집중되기 때문이겠죠. 시대는 급변하고 있습니다. 그리고 우리는 그 중심에 서 있습니다. 졸업생 여러분이 보기에 대한민국은 앞으로 어떻게 변할 것 같습니까? 창창한 미래만이 기다리고 있겠습니까, 아니면 먹물이 낀 듯 흐린 날만이 다가올까요? 기분이 좋아야 할 졸업식 날 이런 축사를 하게 돼서 죄송합니다. 하지만 전 졸업생 여러분이 막연한 기대감을 품고 사회로 나아가지 않았으면 합니다."

대남은 자신에게로 집중된 시선을 느끼며 마지막 말을 이었다.

"대한민국은 급격한 성장을 통해 여기까지 올라왔습니다. 그간 많은 문젯거리가 생겨났지만 우리는 알아채지 못했죠. 아니면 눈을 감아주었는지도 모릅니다. 이제 대한민국의 사회로 나가는 우리는 어떻게 보면 시한폭탄을 안고 있는지도 모릅니다. 언제 터질지 모르는 대한민국의 경제를 말입니다. 영리한 이들은 나무를 보지 않고 숲을 본다고들 합니다. 대한민국이라는 숲 속에 서 있는 우리가 헤매지 않고 올바른 길을 찾아갈 수 있도록 기도하며 축사를 마칩니다."

대남은 듣기 좋은 축사를 해주기보단, 앞날의 경각심을 일깨워주는 말을 했다.

졸업생들의 표정은 다양했다. 하지만 분명한 건, 그들 모두가 대남의 말을 허투루 듣지 않았다는 사실이다.

대한민국의 미래를 보고 싶거든 고개를 들어 관악 아래, 한국대학교를 바라보라는 말이 있다.

앞으로 수재들이 나무만을 보고 살아갈지, 먼 훗날을 바라보고 나아갈지는 그들의 역량에 달린 것이었다.

3월, 사법연수원 24기의 입소식이 거행되었다. 정장 차림의 고시생들이 부푼 맘을 알고 司法研修院(사법연수원) 현판이 달린 건물로 속속들이 모여들었다.

사법연수원생은 5급 상당의 별정직 공무원으로서 이제는 더 이상 고시생이 아닌, 예비 법조인이라는 직함을 당당히 달 수 있게 되었다.

사법연수원 대강당에서 시행된 입소식은 예년과 비슷한 방식으로 진행되었다.

"새로운 정부가 들어섰고, 앞으로 사법부에 대한 권한 확립이 중요해진 이때 24기 사법연수원생 여러분들은 앞으로 대한민국의 사법을 어깨에 짊어지고 나가야 할 법조인들입니다. 연수원을 수료하는 그 날까지 조국과 국민을 위해 법학에 정진해 주시기 바랍니다."

사법연수원장의 간단한 식사(式辭)를 시작으로 입소식의 막이 올랐다.

대강당 뒤편에서 연수원생들을 바라보는 가족들의 시선에는 애환과 감동이 가득 담겨 있었다.

대남을 바라보는 아버지라고 다를 바 없었다. 입소식이 끝나고 가족들과 간단한 사진을 찍은 뒤 연수원생들은 각자 배정받은 반의 강의실로 발걸음을 옮겼다.

"3반이라……."

대남은 배정받은 3반 강의실의 문을 열고 들어섰다. 먼저 도착한 이들은 자리에 앉은 채로 나머지 연수원생들을 기다리고 있었다.

그들은 말을 안 했지만, 문 너머에서 등장한 대남의 모습에 헛바람을 집어삼키는 것이 눈에 보였다.

얼마 지나지 않아 강의실 안에 연수원생들이 전부 착석하자, 담당 교수가 모습을 드러냈다.

고즈넉한 걸음걸이에 무테안경이 인상적인 노교수였다. 그의 이목구비 중 치켜 올라간 눈꼬리가 꽤나 깐깐하다는 것을 나타내고 있었다.

그의 뒤로는 직원들이 임명장과 연수원 배지가 담긴 상자를 들고 들어왔다.

"한혜진."

가타부타 자기소개도 하지 않고 노교수는 연수원생의 이름을 읊어 나갔다.

호명된 연수원생은 자리에서 일어나 교단으로 가 임명장과 배지를 수여 받았다.

"한 명씩 임명장과 배지를 수여 받고, 자기소개를 하고 들어간다."

"저는 이번에 삼수 끝에 사법시험에 합격해 연수원에 들어오게 된 명성대학교 법학과 출신 한혜진이라고 합니다. 남들보다 일 처리에 서툴지는 몰라도 성실하게 하니 민폐를 끼치지 않도록 열심히 연수원 생활 하겠습니다!"

"다했으면 들어가."

"네, 네."

깐깐한 교수여서 긴장되기는 했지만 정식적으로 별정직 법원공무원으로 지위 변동이 되는 순간이라 대부분이 박수갈채를 받으며 입가에 미소를 가득 머금었다.

"김대남."

"……!"

노교수의 입에서 대남의 이름이 나오자 강의실 내 연수원생들의 시선이 일제히 모여졌다.

이전과는 확연히 차이가 날 정도로 다른 반응이었다. 모두가 놀란 시선으로 바라보자, 노교수도 안경을 콧등 위로 내리고는 게슴츠레한 눈으로 대남을 바라봤다.

"자네, 나 어디서 본적이 있는가."

"그럴 리가요."

"아니야, 분명 안면이 익는데 말이지……."

노교수의 물음에 대남이 오묘한 미소를 지어 보였다.

임명장과 배지를 수여하는 와중에도 노교수의 의심 어린 눈초리는 지워지지 않았다. 대남은 정장 깃에 달린 삼각형 모양의 배지를 바라봤다.

정중앙에 法(법)이라는 한자가 각인이 새겨진 모양을 보자 진정 사법연수원생이 되었다는 것을 다시 실감할 수가 있었다.

"반갑습니다. 김대남이라고 합니다. 한국대학교 법학과 출신으로 원래는 2년 전 22기 사법연수원생으로 입소해야 했으나 학업과 개인적인 사유로 인해 24기에 입소를 하게 되었습니다. 정해진 법학의 끝은 있을지 모르나, 법률이 가진 의미의 끝이 없음을 알기에 앞으로 모자란 부분을 사법연수원에서 배워가도록 하겠습니다."

짝짝짝-!

대남의 자기소개에 박수갈채가 쏟아졌다. 사법연수원 입소 생 중 대남을 모르는 이는 없었다.

사법 고시를 초시 동차 수석한 것도 모자라, 유예 기간 내 내 사회적으로 혁혁한 기업가의 면모와 천재의 모습을 만천하 에 떨치지 않았는가.

그 순간, 노인이 콧등 위에 올려져 있던 안경테를 고쳐 잡으 며 말했다.

"그래, 이제 기억 나는구만! 김대남. 사법시험을 수석으로 합격하고 면접장에서 면접 위원을 상대로 아주 호쾌한 말을 했다지. 유 교수가 했던 말이 이제야 생각나는구만."

"유 교수님 이라면, 당시 면접 위원 중 가장 연배가 높으셨던 위원님을 말씀하시는 겁니까."

"그렇지, 내 오래된 지기이자 지금은 대검에서 일을 하고 있 네……. 그 친구가 그러더군, 이번 24기 연수생 중에 천재가 있 다고 말이야. 그냥 수재 중의 천재가 아니라, 사법연수원생들 에게 천재(天災)를 안겨줄 놈이 들어온다고, 아주 기대가 되는 구만그래."

그간 깐깐한 모습으로 일관했던 노교수의 입에서 찾아보지 못했던 미소가 드러났다.

그의 눈꼬리는 묘하게 휘어진 게 재밌는 장난감을 바라보는 듯한 표정이었다.

강의실 내에 자리했던 연수원생들은 노교수가 했던 말의 진의를 깨닫고는 일제히 긴장한 모습이 되었다.

아무래도 사법연수원 내에서 벌어지는 치열한 경쟁 시스템은 사법 고시라는 인고의 시험을 뚫고 온 이들에게도 두려움의 대상이게 마련이었다.

사법연수원의 첫날은 임명장을 수여받고 앞으로 2년 동안 함께 동고동락할 연수원생들과 안면을 트는 일로 시작되었다.

저녁 무렵이 돼서야, 연수원생들은 앞으로 2년 동안 맡아갈 각자의 직책을 정했다. 저들끼리 앞으로의 직책을 정하며, 1인 1보직 원칙을 고수하는 것이다.

"음, 대표 총무는 누가 할까요."

"하고 싶으신 분 계신가요?"

"……."

암묵적으로 막내에게 일임되는 회계 총무 자리를 제외하고는 각자가 원하는 총무 자리를 꿰차고 앉게 마련인데, 각반을 대표하는 대표 총무의 자리에는 그 누구도 선뜻 손을 들지 않았다. 아니, 못했다고 할 수가 있었다. 아마도 연수원생들이 이미 대남을 그 자리에 염두에 두고 있었기 때문일 것이다.

지난해 각종 언론에서 황금양의 김대남 대표의 얼굴이 헤드라인에 실렸기에 그가 어엿한 기업의 대표였다는 사실을 모르는 이가 없었다.

대남도 그 분위기를 읽은 것인지 서서히 손을 들어 보이고는 말했다.

"제가 하도록 하죠."

그제야 안도의 한숨이 여기저기서 터져 나왔다. 한편으론 기대도 되었다. 과연 소문으로만 무성했던 수석 합격자이자 불세출의 천재라 불리는 그가 앞으로 어떤 활약상을 보여줄지 말이다.

그리고 그들의 예상은 생각보다 훨씬 빠르게 다가왔다.

예년과 다름없이 사법연수원의 첫날은 시끌벅적하다, 법조인으로서 첫발을 내딛는 시발점이었고 고시 생활을 끝마친 이들이 다시 혹독한 연수원 생활에 접어들어야 했기에, 그 긴장감을 풀어주고 적응을 잘할 수 있도록 도와주는 시간이 마련되었다. 바로 뒤풀이였다.

"한잔 받게나."

노교수가 대남의 옆에 앉아 소주를 건네었다. 깐깐해 보이던 그는 대남이 꽤나 마음에 들었나 보다.

다른 이들에게는 날카로운 눈초리를 보내던 그도 대남을 바라볼 때면 호기심에 가득 들어찬 눈동자였다.

"자네가 생각하기에 검찰은 어떠한가."

"솔직히 말해도 되겠습니까."

"암, 내 지기한테 들은 바로는 자네가 면접 위원들 앞에서도 기가 안 죽고 솔직히 의견을 피력했다고 하던데 말이야. 그 친구가 과장을 하거나 거짓말을 하는 사람은 아니니 말이지."

"썩었습니다."

대남의 단호한 대답에 술을 마시던 모두가 숨을 들이켰다.

노교수의 눈꼬리가 좀 더 휘어졌다. 다행히 반별로 시행된 술자리에 교수는 노교수 한 명뿐이었다.

살얼음을 걷듯, 냉랭해진 분위기 속에서 그가 재차 질문했다.

"구체적으로 어떻게 썩었는지 물어봐도 되겠나."

노교수의 물음에 대남은 소주잔을 들어 들이켠 다음 뒤이어 말했다.

"검찰이 제 기능을 발휘했다면 지금 정치권 인사들을 비롯한 사회 지도 계층 인물 중 수많은 이가 쇠고랑 신세였을 겁니다. 하나 정치적 권력과 물욕에 얽매인 검찰이 그렇게 할 수는 없겠지요. 고위층이라면 기소는 물론이고 사건 수사조차 흐지부지 끝나는 경우가 부지기수인데 뭘 바라겠습니까. 뇌물을 받는 것조차 미풍양속으로 치부할 이들입니다."

"그렇게 생각을 하고 있다니, 대단하군. 하나 죄다 그런 것은 아니네."

"물론 교수님의 말씀이 맞습니다. 분명 검찰 내에서도 정의를 부르짖는 청렴한 인물이 있을 것입니다. 하나 뿌리가 썩은 와중에, 나뭇잎이 깨끗하다고 해서 오래 버틸 수 있을까요? 깨끗함을 유지하기 위해 떨어지거나, 썩어 문드러지거나 둘 중 하나겠지요."

"……!"

노교수는 대남의 말에 눈을 크게 떴다. 곁에서 그 광경을 지켜보던 동기들은 혹여나 노교수가 노성을 내뱉으며 화를 내지는 않을까 싶어 진땀을 흘리며 초조해하고 있었다.

하지만 노교수는 화를 내기는커녕 크게 웃어 보였다.

"하하하!"

"……."

"정말 마음에 드는군, 일찍이 미친놈이라고 언질을 받기는 했다만 이 정도일 줄은 몰랐네. 만약 내가 검찰에 우호적인 마음을 가지고 있었다면 자네를 어떻게 했을 거 같나. 담당 교수인데 시험 성적을 짜게 준다고 해서 문제가 되는 것은 아니지."

노교수의 물음은 당연한 것이었다. 사법연수원의 교수직은 판, 검사의 직위에서 보임되는 보직이었다. 한마디로 현역에서 부장 판검사급으로 일을 하고 있는 이들이었으며 파견직과 성질을 같이했다.

물론 노교수의 경우에는 앞선 설명과 직위가 달랐지만 금일 막 입소한 풋내기 연수원생들이 그걸 알 리 만무했다.

"이 정도 언행에 교수님께서 열을 내셨다면 제가 오히려 실망했을 겁니다."

"오히려 실망을 했을 거라……?"

"2년 전 면접위원으로 있던 교수님의 지기분은 다른 면접 위원들과는 달랐습니다. 현 사태를 냉정하게 바라보시고 외면하지 않으셨죠. 근주자적 근묵자흑이라 만약 교수님께서 제가 한 말에 대해 역정을 내셨다면 제 혜안이 틀렸다는 것이겠죠."

노교수는 고개를 끄덕여 보이고는 자리에서 일어났다.

"그러고 보니 이 늙은이의 소개가 늦었구만. 내 이름은 이재학일세. 들어본 이들도 있겠고 모르는 이들도 있겠지만 앞으로 2년 동안 자네들의 담당을 맡게 되었으니 싫으나 좋으나 잘해보세."

이재학, 노교수의 이름을 들은 연수원생들이 놀라 크게 눈을 떴다. 비단 동기들뿐만 아니라 대남마저도 놀란 눈치였다.

법조계에, 특히, 검찰에 뜻을 품은 이라면 이재학의 이름을 못 들어본 이들이 없었다.

유신정권 시절을 시작으로 군부정권 시절에도 자신의 뜻을 굽히지 않고 소신 있게 소리치는 스타 검사로 유명했다.

대중들의 시선을 의식한 정권이 이재학의 옷을 벗기지는 않았지만 더 높은 자리로의 승진은 어려웠다.

하지만 후배들의 밑에서 일을 했던 그는 기가 죽기는커녕 오히려 억울한 대중들을 위해 더욱 목소리를 높였다.

'이재학 교수라⋯⋯.'

젊은 시절, 청렴결백 검사로 유명했던 그의 노년을 바라보고 있는 대남의 눈동자는 형형히 빛났다. 그리고 그의 시선을 받아내고 있는 무테안경 속 이재학 교수의 눈동자도 마주 빛났다.

3반 연수원생들은 그제야 알 수 있었다. 그의 날카로운 눈꼬리는 그간의 풍파를 견뎌낸 검사의 시선이라는 것을.

이튿날, 본격적인 사법연수원의 생활이 시작되었다. 빽빽한 커리큘럼과 격주로 이루어진 시험은 연수원생들에게 한 치의 긴장도 용납하지 못하게 했다.

본격적인 첫 강좌의 시작은 민사재판 실무였다. 정장 차림의 연수원생들이 저마다 긴장한 기색이 역력한 채로 강의실에 앉아 있었고 얼마 지나지 않아 교수가 들어섰다.

"민사재판 실무를 맡은 오동국 교수다. 간단한 약력을 소개하자면 청주지법 부장판사직을 맡고 있으며 2년 동안 사법연수원 교수직을 보임받았어. 앞으로 수업을 진행하는 데 있어 뒤떨어지는 인원들은 각오하는 게 좋을 거야."

오동국 교수의 으름장에 연수원생들은 침을 꿀꺽 삼켰다. 민사재판 실무 수업은 꽤나 까다로운 과목에 속했다.

형사재판 실무의 경우 형식적인 규격안의 사건들이 대다수였지만, 민사재판 실무의 경우 법률의 이해도와 법원의 관점에서 민사법적 사건을 다루는 문제였기에 넓은 시야를 필요로 했고 수많은 판례의 숙지를 요했다.

"보통 말이지, 고시 중의 고시라 불리는 사법시험에서 날고 기었던 고시생들마저도 사법연수원에 오게 되면 자괴감에 빠지게 돼. 수재들만 모인 곳이라서 그러할까? 아니야. 앞서 배웠던 법학들이 넓은 범위에서 얕게 파고들어 갔다면 연수원에서의 가르침은 비교도 되지 않을 정도로 깊지. 한마디로 자네들은 지금 민물에서 헤엄을 치다 이제 막 바다로 나온 거라고."

오 교수가 연수생들을 바라보며 말했다. 사법 고시를 힘겹게 치렀던 연수생들 입장에서는 오 교수의 말을 믿고 싶지 않았다.

1, 2차 시험을 비롯해 3차 면접까지 통과하기까지 얼마나 많은 인고의 세월을 보냈고, 수학의 고통을 느껴야만 했는가. 한데 지금까지의 공부가 민물에서 헤엄을 친 수준이라니, 말

이 나오지 않았다. 오 교수는 그러한 학생들의 반응이 자못 재미있는지 뒤이어 말했다.

"다들 내 말을 믿지 못하는 눈치인데?"

"……."

"대답을 제대로 하지 않는 것을 보아하니 맞군."

연수생 중 그 누구도 제대로 답변을 하지 못했다. 대개 사법 연수원생들은 부푼 기대감과 자신감을 한껏 고조시킨 채 연수원에 들어오게 마련이었다. 그리고 첫 강좌를 맡은 오동국 교수의 역할은 그런 고조된 자신감을 꺾어놓는 데 있었다.

"내 말을 믿지 못하는 것 같으니, 내가 문제 한 개를 내도록 하지. 만약 이 문제에 정답을 말한다면 그 친구는 앞으로 내 수업에서 무슨 짓을 해도 아무 말 않겠네. 물론 성적도 출석만 제대로 한다면 괜찮게 줄 것을 약속하지. 하지만 아무도 맞추지 못한다면 앞으로 민사재판 실무 강좌는 지옥의 나날이 될 테니 각오하고."

오 교수는 조소 섞인 미소를 지어 보였다. 민사재판 실무는 본래 연수원 내에서도 악명이 높은 강좌로 유명했다. 이렇게 겁을 줘야, 중도에 으레 포기를 하지 않는다.

이처럼 문제를 내었던 것이 한두 해 벌어진 일이 아닌 듯 그는 익숙하게 말을 이었다.

"67페이지를 피게나."

오 교수의 말에 모두가 두꺼운 민사재판 실무 67페이지를 펼쳐보았다.

펼쳐진 책 두 바닥이 전부 한 문제로 되어 있을 정도로 장구한 민사재판 실무 문제였다. 문제를 읽어내려가던 연수생들 모두가 놀라 눈을 부릅떴다.

오 교수의 말처럼 사법 고시를 준비하면서 보아왔던 법학 서적의 문제와는 수준을 달리했기 때문이다.

"자신 있는 사람은 손을 들어보게나."

사법연수원 교수직을 여러 해 동안 맡아왔지만, 여태껏 손을 든 연수생들은 단연코 한 명도 없었다.

그들이 공부했던 법학 문제와는 궤를 달리했기 때문이다. 물론 그들이 공부했던 것이 허사가 되는 것은 아니었지만 말 그대로 깊이가 달랐다.

"역시 아무도 없나."

오 교수가 비릿한 미소를 머금으며 그렇게 말했다.

"……!"

그리고 그 순간, 누군가가 손을 들었다. 강의실 내의 시선이 모두 그곳으로 일제히 쏠렸다.

오 교수가 강의실 중앙에서 손을 들고 있는 연수생을 바라봤다.

그러고 보니 다른 연수생들과는 다르게 묘한 분위기를 풍기고 있는 학생이었다.

　연수생들이 여태껏 자신이 공부했던 사법 고시의 얕음을 깨닫고 좌절하고 있을 무렵, 오로지 한 명에게서만은 그런 느낌을 받을 수가 없었다. 오히려 그는 여유로운 자태로 손을 들고 강단을 바라보고 있었다. 오 교수의 눈꼬리가 휘어졌다.

　"자네가 답을 알겠다고?"

　"네."

　오 교수가 재차 묻자, 연수생은 아무렇지 않게 대답했다.

　"만약 풀지 못한다면 남은 민사재판 실무의 수업은 지옥이 될 텐데 동기들의 원망을 사지 않을 각오가 되어 있는가? 그냥 가만히 있어도 지옥이 될 일을 구태여 나서서 자신에게로 비난의 화살을 돌릴 필요는 없을 텐데."

　"교수님, 문제를 푼다면 민사재판 실무 수업에서 무슨 짓을 해도 상관없다고 하셨죠?"

　"그랬지."

　"괜찮으시겠습니까?"

- 6장 -
붉은 펜

"괜찮으시겠습니까?"

오 교수는 도리어 맹랑하게 반문하는 연수생을 바라보자니 말문이 턱 막히는 느낌이었다.

나머지 동기들의 표정 또한 가지각색이었다. 걱정을 하는 이가 있는가 하면, 이제는 기대감에 부푼 눈동자로 대남을 바라보고 있었다.

강의실 내의 분위기가 일순 뒤바뀌어 흐르는 것이 이상했지만 오 교수는 믿어 의심치 않았다. 이 문제를 풀 수 있는 풋내기 사법연수원생은 없을 것이라는 사실을 말이다.

"문제의 해답을 읊어보게."

오 교수가 나직하게 말했다. 여기저기서 목울대 사이로 침 삼키는 소리만이 가득했다.

"문제의 쟁점은 과세관청이 납세자에게 체납 처분을 행사하기 위해서는 국내 은행의 해외 지점에 예치된 예금의 압류처분이 효력이 발생하는가, 입니다. 상식적인 시선으로 봤을 때, 과세관청은 납세자에게 연체된 거액의 체납금을 받을 수 있어야 하고, 받아야만 합니다."

연수생은 잠깐 말을 멈추고는 주위를 살펴보았다. 대부분이 고개를 주억거리고 있었다. 오 교수는 흥미로운 눈빛으로 그를 지켜보고 있었다.

"자네는 과세관청이 해외 지점 은행으로부터 반환채권을 압류할 수 있다고 생각하나."

"불가능합니다."

"그렇게 생각하는 이유는?"

오 교수의 물음에 대남이 잠깐 뜸을 들이고는 말을 이었다.

"현재 법률상 국내 은행의 해외 지점은 국내 본점과 지점과 달리 별도의 소재지인 외국의 법령 아래서 인가를 받았으며, 외국의 은행으로 간주되고 있습니다. 동시에 해외 지점에서 이루어지는 예금 거래 등은 소재지인 외국 법령이 적용되겠지요."

"계속해 보게."

"이 경우 해외의 예치금이 절차에 따라 국내로 송금되는 경우 압류의 효력이 발생하겠지만, 해외 은행에 잔류할 경우에는 국세징수법에 따라 압류의 대상이 될 수 없는 재산으로 효력

무효 처분이 일어납니다. 이 경우 2심 판결에 대한 불복 신청인 상고를 하더라도 대법원 측에서도 결국 기각할 수밖에 없을 겁니다."

장구한 문제였지만 그는 간략하게 축약하여 요지만을 잡아냈다.

민사재판 실무의 사례들이 그러하듯 문제만 읽어본다면 도통 어떤 판결을 해야 하는 것인지 감을 잡기가 힘들다. 그만큼 변칙적인 문제가 많았으며, 기타 다른 법률과 상호작용을 일으키는 경우가 잦았다.

한데 눈앞의 연수생은 그런 복잡한 묘리를 채 오 분도 되지 않는 시간 만에 꿰뚫었다.

"문제만 읽어보았다면 해외 은닉 자금에 관한 것이라는 것을 쉽게 알 수 없었을 텐데 단시간 내에 어떻게 파악했지? 이번 실무모의사례의 경우 내가 직접 만든 것이라 사전에 예습할 수도 없는 부분이고 말이야."

"대어가 얕은 물에서 헤엄을 친다고 해서 송사리가 되는 것이 아니듯, 바다로 나간들 달라지는 점이 있겠습니까. 애초에 깊이가 있는 공부를 했으니까요."

"허."

그의 대답에 오 교수는 저도 모르게 입을 벌렸다. 수년간 사법연수원 교수직을 맡아오면서 민사재판 실무라는 혹독한 과목을 강의해왔다.

그간 많은 연수생을 보아왔지만 대부분이 아직 수학의 정도가 모자란 송사리들이었다.

사법연수원의 목적은 그러한 송사리들을 앞으로 광활한 사법의 바다에서 각자의 역할을 수행해낼 수 있게 훈련시키는 것이다.

한데, 눈앞의 저 청년은 무엇이란 말인가. 오 교수의 두 눈동자가 마치 오랜만에 대어의 손맛을 느낀 낚시꾼의 표정마냥 비장해졌다.

"자네 누군가."

오 교수의 짧은 물음에 그의 멈춰 있던 입술이 다시 움직였다.

"김대남입니다."

사법연수원에서 생활한 지도 어느새 보름이 지나가고 있었다. 그간 많은 일이 있었지만 단연코 화제가 되었던 것은 대남의 일화와 관련된 이야기들이었다.

예컨대 사법연수원의 커리큘럼에는 민사재판 실무를 비롯해 연수생들을 긴장케하고 고통에 몸부림치게 만드는 과목들이 대거 있었다.

하나, 그 과목마다 대남이 보여준 모습은 그야말로 기함을 토해내게 했다.

"오 교수, 그 김대남이란 친구는 어떤가."

"말도 마십쇼. 좋게 말하면 천재 중의 천재고, 나쁘게 말하면 법률에 미친놈 아니겠습니까."

평소 입이 걸걸한 오 교수가 다른 노교수들의 물음에 가감 없이 대답했다.

이미 대남은 교수들 사이에서도 요주의 인물로 낙인이 찍혀 있었다. 정확한 이해와 법률의 시각이 넓히는 훈련을 하는 사법연수원에서 대남의 모습은 다른 연수생들과는 비교도 되지 않을 정도로 타의 추종을 불허했다.

"강의 시간에 예상외의 질문을 할까 봐 내심 무섭더군, 이런 기분도 참 오랜만이야."

"이 교수가 생각하기에는 어떻소."

"음."

이재학 교수는 뜸을 들였다. 딱히 3반의 담당 교수이기에 고민한다기보다 김대남이라는 친구를 좋게 봤다는 증거였다.

깐깐하기로 둘째가라면 서러운 이재학 교수가 평가에 뜸을 들이자 모두가 놀란 눈치가 되었다.

"분명 천재이기는 하나, 아직 연수 기간이 꽤 남았소. 앞으로가 어떠냐에 따라 그 평가는 달라지겠지. 그리고 아직은 김대남이라는 젊은 친구에 비해 모자란 연수생들도 뒤따라서 법률의 꽃을 개화(開花)할지도 모르는 일이고 말이야. 다만."

이재학 교수는 짐짓 눈을 감았다. 그의 얼굴에는 세월의 흔적을 알아볼 수 있는 주름이 깊게 파여 있었다. 마치 과거를 회상하는 듯한 모습에 모두가 말문을 멈췄다.

"앞으로도 그 친구가 질주를 해줬으면 좋겠어. 남들과는 비교가 되지 않을 정도로 말이야. 뛰어난 능력을 가진 이가 법조계를 호령하는 것도 참 재미있는 일 아니겠는가."

어느덧 사법연수원의 삼월이 지나가고 있었다. 다가오는 시험 날짜만큼이나 연수생들의 입안은 바짝바짝 타들어가고 있었다.

자정이 넘은 시간이었지만 사법연수원 내 열람실에는 빈자리를 찾아보기 힘들었고 대낮마냥 환하게 불이 켜져 있었다.

아직 여름이 오지도 않았건만, 연수생들은 진땀을 흘려가며 공부를 하고 있었다.

"하……."

누군가가 한숨을 저도 모르게 뱉어냈다. 지금 독서 공간에 앉아 있는 연수생들 대부분이 같은 심정일 것이다.

민사재판 실무, 형사재판 실무, 민형사 변호사 실무, 검찰 실무 등 강도 높은 과목을 제외하더라도 새끼 과목이라 불리는 수업들이 여럿 남아 있었다.

사법연수원에서의 성적이 곧 향후 진로를 선택하기 때문에 이같이 열심인 것이다.

더군다나 함께 경쟁하는 이들은 속된 말로 공부에 도가 터 버린 사법 고시 합격생들 아닌가, 하루하루가 고된 행군의 연속일 수밖에 없었다.

"저……."

대남은 사법연수원 내 분위기를 읽을 요량으로 자정까지 도서관에 남아 있었다.

그런데 대남이 자리에서 일어나려는 찰나, 누군가가 어깨를 두드리며 말을 걸었다.

대남이 의아한 표정으로 바라보자 그가 고개를 넙죽 숙이며 작은 목소리로 말했다.

"김대남 씨, 정말 죄송하지만 제 민사재판 실무 판결문 좀 봐주시면 안 되겠습니까? 봐주시기만 한다면 정말 감사하겠습니다. 사실 어디가 틀린 건지 감도 안 잡히고 너무 앞이 막막해서……."

"……."

그는 사십 대에 다다른 만학도였는데 이번 24기 기수에서도 나이가 많은 편이었다.

민사재판 실무의 경우 판결문을 쓰는 것이 답안의 요령이었기에 많은 이가 하루에도 수 시간씩 팔이 저리도록 판결문을 써내려가지만 정작 자신이 적은 판결이 제대로 된 것인지 알 방도는 없었다.

교수님을 찾아가 면담을 하는 것도 하나의 방법이었지만, 오동국 교수는 제대로 된 답안이 아닌, 엉터리 답안을 가지고 자신을 찾아오는 것을 용납하는 이가 아니었다.

"보는 건 어려운 일이 아니지만, 일일이 붙잡고 설명해 줄 시간은 없어요."

"네, 네! 감사합니다!"

대남의 말에 그가 입가에 미소를 만개했다. 대남은 판결문을 받아 들고는 빤히 바라보았다. 용지 열 장에 달할 정도로 빼곡히 적혀 내려간 판결문이었다.

일반인이 보았다면 혀를 내두르며 경외감을 나타냈을 터였지만 대남의 눈에는 그저 엉터리로밖에 보이지 않았다.

축약할 수 있는 내용을 길게 늘어놓은 것은 물론이거니와 법령 해석과 법률의 적용이 제대로 이루어지지 않은 부분이 상당수였다. 대남은 곧장 붉은 펜을 꺼내 들었다.

얼마나 시간이 지났을까, 붉은 펜으로 열 장에 달하는 판결문 중 문제가 될 부분에 모두 밑줄을 그어주었다.

판결문을 작성했던 연수생은 이미 얼굴이 홍당무처럼 달아올라 있었다.

저녁밥도 거르고 공부에 매진했는데, 이토록 결과가 참담할 줄이야.

이윽고 밑줄 긋기를 끝마친 대남이 그를 향해 판결문을 다시 건네며 말했다.

"밑줄을 그은 부분은 틀린 부분들입니다. 본인이 생각해 보시고 고쳐보세요. 그래도 끝까지 모르겠으면 다시 찾아오시고요. 그럼."

"감사합니다……!"

열람실 내에서 아주 작은 목소리로 잠깐 대화를 나눈 것뿐이지만 연수생들의 이목은 자연히 집중될 수밖에 없었다.

모두가 판결문, 소장, 변론요지서등을 작성하느라 손가락에 힘이 남아나지 않던 상태였다.

특정 문제의 경우 명확한 해답을 알 길이 없으니, 문제를 풀어 나가는 것 자체가 물 없이 입안에 고구마를 넣고 꾸역꾸역 삼키는 기분이다.

한데, 저토록 짧은 시간 내에 간단명료하게 틀린 부분을 짚어내다니 감탄을 안 하려야 안 할 수가 없었다.

"뭐? 붉은 펜 김대남?"

"그래, 그렇게 불린다니까."

"동기들의 판결문을 봐준다고……?"

오 교수가 의아한 표정으로 맞은편에 앉아 있는 다른 교수를 바라봤다.

"그렇다니까, 한 번씩 도서관에 나타나서 연수생들한테 첨삭을 해준다고 하던데?"

"허 참."

오 교수는 헛웃음을 토해냈다. 여태껏 민사재판 실무 수업에서 보인 역량을 생각하면 불가능한 이야기도 아니었다.

도리어 김대남이라는 연수생과 다른 이들은 이미 건널 수 없는 간극을 지니고 있었다. 그의 입장에선 경쟁자로 느껴질 상대가 없었을 것이다.

"2년 뒤에 진로를 어디로 선택할지 궁금하군."

"추후 향방을 검찰로 정한 모양이던데? 연수원 입소 전에 연예 뉴스에 인터뷰를 했다고 하더라고."

"법관이 아니고 말이야……? 자네가 잘못 안 거 아니야?"

"에이, 맞다니까. 확인할 방도가 없네. 뭐 그렇다고 지금 들어온 지 한 달밖에 지나지 않은 연수생한테 진로를 어디로 정할 건지 물어보는 것도 웃기고 말이야."

동료 교수의 말에 오 교수가 고개를 저어 보였다. 대남이 보인 실력을 보자면 단연코 법복을 입고 법관의 길을 선택하는 것이 옳았다.

범법자들을 향해 법관으로서 정의로운 철퇴를 내리기를 바랐는지도 모른다. 한데, 검찰이라……

"호랑이도 제 말 하면 온다더니."

동료 교수의 목소리에 오동국 교수가 고개를 들었다. 저만치 앞에 있는 복도 끝에서 붉은 펜 김대남이 걸어오고 있었다.

교수님들과 마주한 대남이 짧은 목례 뒤 스쳐 지나가려는 찰나, 오 교수가 그를 붙잡아 세웠다.

"요즘 붉은 펜으로 불린다지?"

"붉은 펜이요……?"

"금시초문인 표정인데? 모르는 거야, 모르는 척하는 거야."

"……"

오 교수의 물음에 대남은 머릿속을 뒤적여 보았다. 그간 각종 언론을 통해 자신의 이름 뒤에 수많은 별명이 뒤따랐었다. 하지만 '붉은 펜'이라는 별칭은 기억에 남지 않았다.

모르겠다는 말을 하려는 순간, 요즘 들어 도서관에서 자신에게 첨삭을 부탁하는 연수생들을 떠올렸다. 그리고 그들의 판결문과 소장에 붉은 펜으로 밑줄을 그어줬던 기억까지도.

그제야 모든 의문이 풀렸다는 듯이 대남이 고개를 주억거렸다.

"이제, 기억이 났나 보군."

"주제넘은 짓이라면 그만하겠습니다."

"아니야, 그런 의도로 물어본 건 아닐세. 다만 연수생이 경쟁자인 다른 연수생들에게 첨삭을 해줄 만큼 아량을 베풀었다는 게 신기해서 말이야. 자네는 걱정도 되지 않는가, 사법연수원 성적이 곧 진로를 선택할 수 있는 유일한 카드인데 말이지."

사법연수원의 시험은 그 악명만큼이나 경쟁이 치열하다. 2년간의 성적을 토대로 판·검사와 변호사의 직책이 나뉜다.

범죄와의 전쟁이 선포되고 공권력 강화에 힘을 실은 이 시점에 연수생들 대부분이 법복을 입고 판·검사가 되고 싶을 터였다.

그런데 굳이 경쟁자들을 도와줄 필요가 있을까. 동기들을 도와줬다고 해서 인사고과가 반영되는 것도 아니었거니와 오히려 자기 시간만을 할애할 뿐이었다.

"괜찮습니다."

"역시 동기들은 경쟁자로 보이지 않는다는 겐가?"

"그럴 리가 있겠습니까, 도움을 요청하는 손길을 피하지 않는 것뿐입니다."

오 교수가 생각하기에 대남과 견줄 만한 연수생은 사법연수원에 없었다.

역대급이라는 표현이 어울릴 정도로 뛰어난 이였기에 교수로서도 솔직히 강의를 하면서 놀랐던 적이 한두 번이 아니었다. 겸손한 태도로 일관하는 대남의 모습에 오 교수는 더욱 관심이 생겼다.

"대남 군, 향후 진로를 검찰로 정했다는 게 정말인가?"

갑작스레 묻는 오 교수의 행동에 당황한 것은 동료 교수였다. 대남은 아무렇지 않은 표정으로 오 교수를 향해 되물었다.

"왜 그러시는지요."

"아니, 그게 아니라. 김 교수가 자네가 일전에 연예 뉴스지에 연수원을 수료하고 검찰로 진로를 희망한다는 인터뷰를 했다고 헛소리를 해서 말일세."

오 교수는 겸연쩍은 표정을 지어 보였다. 내심 속으로 대남 같은 수재가 자신의 밑으로 들어와 줬으면 하는 마음도 없지 않았다. 하지만 대남은 그의 말에 고민하는 기색도 보이지 않고는 곧장 말했다.

"일단 검찰을 염두에 두고 있습니다."

대남은 간단명료한 대답만을 남긴 채 다시 발걸음을 옮겼다. 멀어지는 그의 뒷모습을 오 교수의 허망한 눈동자만이 뒤

따라갈 뿐이었다.

"염두에 두고 있다는 말이니, 법관의 길도 걸을 수 있다는 말이겠지……?"

오 교수의 말에 동료 교수가 얕게 웃으며 살짝이나마 고개를 끄덕여 보였다.

강의가 시작되기 직전, 강의실 내에서는 기묘한 풍경이 펼쳐지고 있었다. 마치 학생들이 담임 선생님에게 숙제를 검토받듯 대남이 앉아 있는 좌석 앞으로 연수생들이 각자의 공소장과 판결문 답안을 들고 줄지어 서 있었다.

"다음."

대남의 짧은 말과 함께 곧장 뒷사람의 판결문이 손에 쥐어졌다. 대남은 한 차례 훑어본 다음 붉은 펜으로 망설임 없이 밑줄을 그어 나갔다.

밑줄의 개수가 많아질수록 눈앞에 서 있는 연수생의 표정이 좋지 않아졌다. 하지만 한편으론 이렇게 자신의 답안이 어디가 틀린 것인지를 알 수 있으니 다행이었다.

"다음."

연수생들이 수 시간 동안 공들여 써놓은 답안지를 채 오 분도 되지 않아, 붉은 펜으로 지적을 해주는 대남의 모습은 가히 신기에 가까웠다.

처음에는 대남의 답이 맞는지 의문을 품은 이들도 있었지만, 형사재판 실무 교수의 말 한마디에 모든 것은 공인되었다.

"나보다 잘 짚어 냈는걸. 누가 한 거냐?"

교수들마저도 대남의 기행을 눈감아주었다. 사실 24기 사법연수원의 경우 대남으로 인해 법률 지식이 대폭 올라갔다고 봐도 이상한 게 아니었기 때문이다.

"오늘은 여기까지."

강의를 시작하기 십 분 전, 대남은 손을 들어 의사표시를 했다. 연수생들은 아깝다는 듯한 탄식을 터뜨렸지만 대남은 개의치 않았다.

그리고 오히려 그런 모습 덕분에 연수생들은 이미 대남을 경쟁자라기보단 경외감이 담긴 시선으로 바라보고 있었다.

"뭣들 하고 있는 거지?"

그 순간, 강의 시작 시간보다 일찍 강의실을 찾은 이재학 교수가 대남의 주위로 연수생들이 모여 있는 것을 보고는 한마디 했다.

"자네가 그 유명한 붉은 펜이구만. 마음 같아서는 나도 채

점을 받아보고 싶군."

깐깐하기로 둘째가라면 서러운 이재학 교수의 등장에 연수생들은 마음을 졸였으나, 농 섞인 그의 뒷말에 안도의 한숨을 내쉬었다.

"다들 앉게나, 미리 수업을 시작한다고 해서 불평을 하는 이는 없겠지. 연수원에서의 시간은 금보다 비싸니 말이야."

이 교수의 공언과 함께 강의가 시작했다.

"검찰에 있다 보면 기상천외한 강력 사건들을 맡게 되지. 하지만 사건 중 가장 처치 곤란하고 힘든 일이 뭔지 아나."

검찰 실무 수업을 맡은 이재학 교수가 연수생들을 바라보며 말했다.

검찰에서 맡는 사건들의 범위는 광범위하다. 부서와 관할에 따라 수사의 종류가 나뉘었고, 사건에 관해 자유로운 특수한 부서들이 존재하기는 하나, 대부분이 상관의 하달에 따라 움직이는 조직이다.

"연쇄살인 사건입니까?"

연수생 중 누군가가 말했다. 연쇄살인 사건이라면 관할 지역의 검경 인력이 총동원되다시피 하니, 까다롭고 흉악한 사건이 맞을 것이다.

하지만 이 교수는 고개를 절레절레 저어 보였다.

"연쇄살인 사건은 경우에 따라 해결하기 어렵기도 하지만 아주 처치 곤란한 일은 아니지."

그는 말을 끝마치고는 시선을 돌렸다. 천천히 돌아가던 고개가 도착한 지점엔 다름 아닌 대남이 있었다. 날카롭게 휘어져 있던 이 교수의 눈꼬리에 대남은 입을 열었다.

"제 신체를 도려내는 일 아닙니까."

"……?"

대남의 말에 연수생들이 의문 어린 표정을 지어 보였다. 의과대학도 아니거늘, 신체를 도려낸다는 게 무슨 말일까. 의아해하는 연수생들 사이로 이 교수가 화두를 던졌다.

"그래, 내부 고발을 말하는 것이지."

"……!"

이 교수의 말에 연수생들의 얼굴이 경악으로 물들었다. 하지만 대남은 예상했다는 듯이 고개를 짧게 끄덕여 보이고 있었다.

이 교수는 그런 대남이 기특한지 한 차례 보기 드문 미소를 지어 보이고는 계속해서 말을 이었다.

"살점이 썩었다고 해서, 자네들 본인 손으로 도려낼 수 있을 것 같은가."

"……."

"검찰에 수많은 사건·사고가 발생하지만 그중 가장 큰 일은,

아무래도 제 식구 옷 벗기는 일이지. 부당 거래, 뇌물, 청탁, 각종 비리와 관련된 단어들이 차고 넘치는 세상에 있다 보니 자연히 생기게 되는 일인지도 몰라. 검찰과 정치권의 야욕은 떼려야 뗄 수 없는 사이니까 말이야."

이재학 교수의 입에서 저러한 말이 흘러나오니, 연수생들은 절로 경각심을 일깨울 수밖에 없었다.

"자네는 어떻게 하겠는가. 만약 동료 검사나 상관이 비리를 저질렀다는 것을 알게 된다면 말이야."

이 교수는 대남을 바라보고 있었다. 강의실에 흐르는 무거운 분위기에 연수생들은 저마다 손바닥에서 진땀을 흘렸다.

이 교수의 물음에는 많은 뜻이 함축되어 있었다. 조직 생활을 중시하는 검찰에서 제 식구를 향해 활시위를 겨누기란 여간 어려운 일이 아니었다. 역풍이 불어 도리어 자신이 당할 수도 있는 까닭이었다.

"썩은 살점을 도려내다 오히려 제 몸이 다칠 수도 있겠죠."

"그렇지."

"교수님께서는 어떻게 하셨습니까."

대남의 맹랑한 물음에 이 교수가 눈을 크게 떴다. 하지만 일전 술자리에서 보았던 대남의 모습을 생각하노라면 이 정도는 아무것도 아닐 터. 이 교수는 짐짓 과거를 회상하듯 눈을 지그시 감았다 떠 보이고는 말했다.

"내 경우엔 내가 직접 썩은 살점을 도려냈지."

"그 이후에는요?"

"상부에서 나 또한 도려내려 하더군."

"……!"

연수생들은 짐작은 하고 있었지만 놀란 기색이 역력했다. 이 교수는 젊은 시절 청렴결백 검사로 그 이름을 떨쳤었다. 그 이후로는 각종 상부의 압박과 좌천을 당하면서도 끝내 검사복을 벗지 않았던 검사로 유명하다.

"자, 이제 말해보겠는가."

이 교수의 말에 연수생들의 이목이 대남에게로 집중되었다.

"검찰이라는 조직은 결속력을 중시하는 집단입니다. 미꾸라지가 가득한 흙탕물 속에선 수중군자라 불리는 은어(銀魚)가 천덕꾸러기 신세가 되게 마련이고, 미꾸라지 입장에선 저들의 영역을 훼방 놓는 눈엣가시일 뿐이죠."

"그렇지."

"개인이 아무리 부패한 살점을 도려낸다고 한들, 한계가 있습니다. 그리고 도려낸 곳엔 결국 다시 썩은 살점이 싹을 틔울 겁니다. 그렇게 되면 아무리 의지가 강했던 사람이라고 해도 마음이 무너지고, 주위를 살펴보면 남는 게 없을 겁니다."

대남의 말은 틀린 말이 아니었다. 이 교수도 왕년에 검찰을 깨끗하게 만들어 보겠다고 동분서주했지만 결국 남는 것은 없었다.

좌천당하다시피 지방검찰을 맴돌다 마지막으로 정착한 곳이 바로 사법연수원이었다. 하지만 후회는 없었다.

"정권에서 내부 고발을 한 이들을 보호해 주고 감싸 안아 주어야 하는데, 아직까지 대한민국은 자정 능력이 부족한 국가입니다. 사법연수원을 수료하고, 검사가 되기까지 정의로운 아이덴티티를 확립한다고 한들 무슨 소용이겠습니까, 검찰의 권한이 강화된 이 시점에 썩은 살점을 도려내는 것은 불가능에 가까운 일이겠죠."

대남의 말에 이 교수가 눈을 지그시 감았다.

어쩔 수가 없는 일이었다. 앞으로 시대가 어떻게 변모할지는 모르겠으나, 썩은 뿌리 위에 자생한 나뭇잎이 깨끗하다고 한들 떨어지지 않고 배기겠는가.

"하지만 전 그들과는 다른 생각입니다."

"그게 무슨 말인가……?"

"검찰 생활을 동경하지는 않습니다. 한마디로 썩은 살점을 도려내 좌천을 당하든 옷을 벗게 되든 상관이 없지요."

대남은 짐짓 뜸을 들이고는 말을 이었다.

"야욕에 물든 이들에게는 그에 걸맞은 미친놈이 약 아니겠습니까."

- 7장 -
시보(試補)

　대남을 바라보고 있자면 단단한 고목 같기도 했고, 어디로 튈지 모르는 축구공 같기도 했다. 재능과 지식을 겸비했지만 그 누구에게도 속하는 것을 싫어했다.

　금전과 권력으로도 매수가 안 되는 놈이 있다면 이러한 사람이 아닐까, 이 교수의 눈동자가 형형히 빛났다.

　"난 자네가 꼭 검찰을 선택했으면 좋겠군."

　이재학 교수의 말에 도리어 연수생들이 놀란 표정을 지어 보였다.

　한편, 대남은 그에 따른 답변은 하지 않고 묘한 표정을 지으며 되물었다.

　"한 가지 여쭤봐도 되겠습니까."

　"무엇이 궁금한가."

"이재학 교수님께선 현역에 계실 때 어떠셨는지 궁금합니다."

광오하다고 할 수 있는 대남의 물음에 이 교수는 고개를 주억거렸다.

사법연수원 교수직을 맡기 전까지만 해도 그는 현역에서 활동했다. 과거를 회상하자면 밝은 기억보단 빛바랜 기억이 많았지만 말을 안 할 수도 없었다.

이미 강의실 내에 모든 인원이 이재학 교수의 말문이 열리기를 고대하며 귀를 기울이고 있었다.

"난 소위 말하는 깡통이었네."

"깡통이요?"

"지방 법대를 나와 사법 고시를 패스하고, 검찰에 들어왔지만 상관의 명령에 불복종하고 이리저리 소리를 내며 굴러다녔으니 말이야. 그들의 입장에선 내가 눈엣가시였고 조직 생활에 적응을 하지 못하는 천치로 보였을 테지."

"만약 상부의 치부를 들추는 일이 없으셨다면 지금까지도 호의호식하며 꽤 높은 자리를 차지하고 계셨을 텐데요. 아깝지는 않으십니까?"

대남의 물음에 이 교수는 안경테를 고쳐 잡으며 말했다.

"만약 그랬다면 나 자신이 부끄러워서 견디지 못했을 걸세. 자네가 생각하기에 권력과 명성은 어떤 상관관계를 가지고 있다고 생각하나."

"권력과 명성은 동시에 얻을 수 있다고 생각하는 사람들이 많으나, 전 다릅니다."

"어떻게?"

대남은 이재학 교수를 바라봤다. 이 교수 연배의 검사들은 현재 검사장 직함을 달고 있다. 그에 비해 사법연수원 교수라는 현재 위치는 권력과 거리는 멀고, 볼품이 없다고 할 수도 있을 것이다.

그러나 법학도들과 대중 사이에서 이재학 교수를 바라보는 시선은 달랐다.

"권력은 만인지상의 자리에 앉아 얻을 수 있을지 모르나, 명성은 다릅니다. 역사가 기록하고 시대가 증언해 주기에 당대의 현인들은 명성에 연연하지 않았던 것입니다. 권력을 가지면 무엇합니까, 훗날 천하의 쓰레기로 낙인 찍혀 이름을 알릴 텐데요."

이미 오랜 세월 사법 고시를 공부하고 두꺼운 법학 서적을 뼈에 새기도록 수학한 사법연수생들에게 새로운 가치관을 확립시키는 일이란 불가능에 가까웠다.

결국 이미 타고난 가치관을 토대로 법조인의 길을 걷게 되는 것이다.

이러한 관점에서 보았을 때 대남은 그야말로 전무후무한 연수생이었다.

"수업은 여기까지 하도록 하지. 시간을 길게 끌었다간 훗날 악덕 교수라고 낙인찍힐 수도 있으니 말이야."

정오가 되자 이 교수가 법학 서적을 덮었다. 대남의 말을 인용해 농을 던지는 그의 모습에선 여태까지 볼 수 없었던 흡족한 미소가 피어올라 있었다.

'난 자네가 꼭 검찰을 선택했으면 좋겠군.'

이재학 교수의 말은 삽시간에 사법연수원 내에 퍼져 나갔다.

여태껏 교수들이 연수생들과 면담을 통해 향후 진로를 봐주는 경우는 있었지만 이토록 공공연하게 말한 적은 없었다.

그리고 이재학 교수가 누구인가, 깐깐하기로는 연수원 내에서 따라올 자가 없었으며 웬만한 학생들은 성에 차지도 않아했던 사람이다.

"뭐, 이 교수님이 그렇게 말을 했다고?"

"그렇다니까, 그 친구가 꽤 마음에 드시나 봐. 하기야 그 정도로 뛰어난데 군침을 안 흘리는 집단이 있겠나."

변호사 실무를 맡은 겸임교수가 그렇게 말을 했다. 맞은편에 앉아 있던 오동국 교수의 눈꼬리가 꽤 볼썽사납게 치켜 올라갔다.

"이재학 교수님은 보통 연수생들한테는 관심을 가지지 않으시는 분이지 않은가."

"말 그대로 '보통' 연수생들에 한해서 그런 게 아니겠어? 검찰에서 산전수전을 다 겪으신 영감님인데 새파랗게 어린 연수생들이 마음에 차겠냐고, 그런데 갑자기 마른하늘에 떡하니 원석도 아닌 보석 수준의 연수생이 나타났는데 마음이 동하신 거지."

"……"

예상치 못한 강적의 출현이었다.

본래 연수원 기간 동안 대남의 진로를 법관 쪽으로 설득시키려는 작정이었는데, 본인과 똑같은 생각을 머금은 이가 나타났을 줄이야.

더군다나 상대는 검찰의 저승사자라 불렸던 인물이다. 적과 아군을 가리지 않고 비리를 저질렀던 인물에는 칼을 들이미는 청렴결백 검사로 유명을 떨쳤다.

"그래도 시보 생활을 하다 보면 정확히 알 수가 있겠지."

"그런가."

"자네도 연수생 시절 느꼈지 않았나, 이론과 현실은 많은 괴리가 있다는 사실을 말일세."

검찰에서의 생활과 법원에서의 생활은 확실히 차이가 있었고, 이론으로만 알고 있던 법률 지식 등을 수습 기간 때는 전부 행할 수 없다는 사실도 뼈저리게 깨닫는다.

그러던 와중에 향후 진로를 변경하는 경우도 부지기수였기에, 동료 교수의 말이 틀린 것도 아니었다.

"그런데 자네는 왜 이렇게 그 친구를 마음에 들어 하는 거야?"

"연수생들은 사법 고시를 통과해서 머리는 똑똑할지 몰라도 현장 적응력이나 임기응변에 떨어지는 이들이 태반이지, 요즘 예비 판사들을 보고 있자면 한숨밖에 나오지 않더군. 어딜 가나 파벌이 중요한데, 길바닥에 떨어져 있는 보석을 줍지 않는다는 게 말이 되겠는가."

"너무 과대평가하는 게 아닌가, 이론적인 부분은 나도 강의를 해봐서 알겠지만 다른 연수생들에 비해 월등히 뛰어나지. 아니, 타의 추종을 불허한다고 해도 과언이 아니야. 하지만 그게 실전에까지 이어질지는 아무도 모르는 일 아닌가."

동료 교수의 말에 오 교수가 고개를 저어 보이며 말했다.

"내 감은 틀린 적이 없어."

사법연수원에서의 일 년은 치열하게 돌아간다. 연수생들은 주말 시간마저도 자유를 허락받지 못했다.

물론 강제적인 구속은 아니었지만 주말에도 한 치의 여유를 용납하지 못할 정도의 긴장감이 연수원 내에 감돌았기 때문이다.

사법연수원 1년 차는 1학기 시험이 25%, 2학기 시험이 75% 성적에 반영된다. 물론 2년 차까지 시험들이 남아 있기는 하나 대개 1년 차, 1학기 시험에서 크게 좌절을 경험하곤 한다.

사법 고시 유형과는 완전히 다르며, 대한민국에 사법부가 설립된 이래 존재하는 판례들을 전부 암기해야 한다는 말이 나올 정도이기 때문이다.

"하……."

낙담한 사법연수생이 고개를 떨궜다. 비단 한 명만의 이야기가 아니었다. 각반의 모든 연수생들이라고 표현해도 좋을 만큼 많은 인원이 첫 시험의 결과에 고개를 들지 못했다.

전국에서 내로라하는 법률 수재들이었기에 그 충격이 더욱 컸는지도 모른다. 물론, 단 3반을 제외하고 말이다.

"다른 반은 성적이 좋지 않아 표정이 어두운 연수생이 가득하던데 이반은 분위기가 다르군."

법조윤리를 강의하는 노교수가 3반 학생들을 바라보며 의아한 표정을 지었다. 보통 이맘때쯤이면 사법연수원 시험의 벽을 깨닫고 좌절하는 이들이 생겨나게 마련이다.

물론 다 같이 못 쳤으니 문제 될 건 없었지만, 그래도 법률 지식으로 유능함을 인정받았던 이들이 인정하기 어려운 일이었을 터.

하지만 3반은 그러한 기색이 보이지 않았다. 그 순간 노교수의 머릿속에 항간에 떠도는 이야기가 떠올랐다.

"역시 붉은 펜 때문인가?"

노교수의 눈동자가 강의실 정중앙에 앉아 있는 대남으로 향했다. 대남은 굳이 노교수의 얄궂은 시선을 피하지 않았다.

"법조윤리를 강의하면서 여러 연수생을 봐왔지만 도통 자네만 감이 잡히지 않아."

노교수는 눈을 가늘게 뜨며 대남을 바라봤다. 위아래로 한차례 훑고 나서야 앞서야 말을 이었다.

"대개 연수생들의 성격이나, 법학을 수학하는 유형을 보고 있자면 이 녀석이 나중에 어느 물로 가면 잘 어울리겠다, 생각이 드는데 말이야. 김대남 자네의 경우에는 도통 미로 같아."

평소 연수생들을 상대로 미래를 점쳐주는 듯한 말을 자주 하는 노교수였기에 연수생들은 이번에도 귀를 기울였다.

"이번 3반의 성적이 전체적으로 중상위권에 분포하게 된 이유가 자네 때문이라고 보는가? 동료들을 대상으로 판결문과 공소장을 첨삭해 준다는 것은 익히 들어서 알고 있네만."

"아닙니다."

"정말 그렇게 생각하나?"

겸손을 떨지 말라는 듯한 노교수의 물음에 대남은 재차 말했다.

"교수님은 저희 반이 저 때문에 성적이 올랐다고 생각하십니까? 전 교수님들의 훌륭한 가르침 덕분이라고 생각하는데 말입니다."

"못 당해내겠군, 이래서 도통 감이 잡히지 않는다고 하는 걸세."

노교수는 손사래를 치며 가늘게 떴던 눈을 다시 원래대로 키웠다.

법조윤리는 법조와 국민과의 관계, 법조가 갖추어야 할 적격요건, 법조직의 향상 발전 등의 문제를 다루는 강의로서 연수생들의 성향 파악을 할 수 있는 과목 중 하나였다.

"휘황찬란하게 변론을 하는 것을 보면 법정에 선 변호사의 모습이 떠올려지기도 하고, 과감하고 거침없는 추진력을 보자면 성역없는 수사를 행하는 검사가 보이고, 탄탄한 법률 지식과 원리 원칙에 입각한 냉정함을 염두에 두면 판사의 모습에도 턱 어울린단 말이지."

노교수의 말에 동료 연수생들이 저도 모르게 고개를 끄덕였다. 짧은 시간이었지만 지금까지의 대남을 보면 어느 직군을 가더라도 군계일학의 실력을 선보일 것이다. 치열한 경쟁을 하고 있는 사법연수생이라 보기에는 긴장감이 전혀 느껴지지 않았고, 오히려 연륜 가득한 법조인의 향기가 물씬 났다.

"이번 1학기 시험을 잘 쳤다고 해서 마음을 놓고 있으면 안 된다네, 사법연수원에선 연수생들의 입장을 생각해 1학기 성적의 경우 향후 진로 선택에 있어 많은 영향을 끼치지 않게 해 놨으니 말이지. 또한 검찰과 법관을 생각하는 이들이라면 4학기 시험이 아주 관건이지."

노교수의 말처럼 검찰의 경우 사법연수원의 전체 성적도 중요했지만, 마지막 학기에 행해지는 시험 성적에 관해서도 주의 깊게 보았다.

"어때, 자신 있는가?"

노교수의 물음에 연수생들은 쉽사리 대답할 수가 없었다. 이번 시험은 어떻게 잘 봤을지 몰라도 향후까지 기약할 수는 없었기 때문이다.

"자신 있습니다."

대남은 그렇게 답을 하고는 주위 동료 연수생들을 훑어보았다. 연수생들은 경쟁자이기 이전에 경외감이 담긴 눈빛으로 대남을 바라보고 있었다.

"다른 이들의 생각은 어떠한가."

"저, 저희도 자신 있습니다!"

"할 만합니다!"

대남의 말에 힘입어 다른 연수생들도 교수의 말에 반박하듯 외쳤다.

사법연수원 교수직을 맡아오면서 처음 보는 진풍경에 노교수는 흥미로운 표정을 지었다.

"앞으로 일 년은 금세 지나갈 것이네, 그리고 내년이 되면 드디어 찾아오겠지. 수습의 기간이 말이야. 그때가 되면 많은 연수생이 회의감을 느끼고는 해. 사법연수원까지 와서 내가 이런 허드렛일이나 해야 하나 하고 말이야. 하지만 내가 미리 말해두지. 그런 작은 경험 하나하나가 모여 미래의 법조인을 만든다는 것을 말일세."

사법연수원을 입소했을 때만 해도 푸른 미래를 꿈꾸며 모든 것을 이룩한 것만 같았다.

법조인으로서의 미래를 생각하며 두 주먹을 거세게 말아 쥐었다. 사법 고시를 통과하고 등용문에 올라섰다고 생각했지만 사법연수원은 그야말로 경쟁의 최고 절정판이었다.

연수생들의 그런 생각을 읽은 것인지, 노교수가 확언하듯 말했다.

"자네들은 아직 햇병아리일 뿐이야."

머지않아 다가올 시보(試補) 생활에 연수생들의 목울대 사이로 굵은 침방울이 삼켜졌다.

입소 당시 늦겨울이던 사법연수원의 계절이 어느새 다시 겨울의 시작을 맞이하고 있었다.

정장을 차려입은 대남은 연수원으로부터 조금 떨어진 호수 공원으로 향했다.

그곳에는 미리 기다리고 있던 이재학 교수가 서서 살얼음이 낀 호수를 내려다보고 있었다.

"왔는가."

대남이 짧게 목례를 하자, 그제야 고개를 돌리는 이 교수였다.

"이제 얼마 안 있으면 시보 생활의 첫발을 떼겠군. 기분이 어때?"

"솔직히 말씀드리면, 이전처럼 별다른 감정은 없습니다."

"항상 솔직해서 좋구만. 시보 생활을 나간다고 해서 잔뜩 긴장했다면 내가 오히려 실망했을 걸세."

이재학 교수는 조약돌을 주워 살얼음이 낀 호수 위로 던졌다. 얕은 파문이 일며 조약돌이 바닥으로 잠겼다. 얼음 밑에서 노닐던 잉어들이 빠르게 흩어지는 게 눈에 보였다.

"돌을 던지기 전부터, 잉어들은 돌이 날아올 걸 알았을 걸세. 미물도 저렇게 살 궁리를 하는데 자네의 언변을 보고 있자면 날이 선 작두 위에서 살이라도 풀고 있는 모양새야."

"그래서 싫으십니까?"

"싫기는, 오히려 좋다네. 아무것도 없는 놈이 배짱 하나만 믿고 허장성세를 부리는 게 아니라 자네는 정말로 그런 능력이 있지 않은가. 교수들 사이에서 자네에 대한 관심이 아주 지대해. 누군가는 시한폭탄이라 부르기도 하고, 또 다른 이는 앞으로 검찰 개혁을 일으킬 정의의 칼이라고 생각하기도 하지."

비록 일 년이지만 이 교수는 대남에 관해 많은 것을 알게 되었다.

완벽주의라는 말이 절로 떠오를 정도로 대남의 행보는 보는 사람으로 하여금 경이로움이 들게 했다. 날고 기는 수재라고 할지라도 일단 연수원에 입소를 하면 기가 억눌리게 마련인데, 대남은 오히려 날개를 활짝 편 채 날아다니는 형국이었다.

"여태까지 연수원 성적은 어떠한가."

"수석입니다."

"차석과는 성적 차이가 많이 난다고 하지? 바깥 기업은 어때, 잘돼가나?"

사법연수원 기수마다 소위 천재라고 불리는 특이한 케이스들이 여럿 있었으나, 대남과 같은 경우는 없었다. 이십 대의 나이로 업계의 대표에서 사법연수생이 되었으니 말이다.

"제가 없어도 알아서 잘 굴러갈 겁니다. 그러기 위해 초석을 다졌으니까요. 이미 제가 없을 동안의 향후 계획까지 조치했기 때문에 걱정은 없습니다."

"자네가 괜찮다면 정말로 괜찮은 것이지."

대남의 확언에 이 교수는 고개를 주억거렸다. 보면 볼수록 탐이 났다. 하지만 오래 가지고 있지 못할 보석이라는 것은 애초에 알고 있었다.

"자네가 향후 어떤 진로를 선택하든 간에 법조인의 길에서 오랫동안 머물지 않을 거라는 건 알고 있네, 바깥에도 벌려놓은 일들이 많으니 말이지. 하지만 그래도 자네한테는 묘한 기대감이 들어. 마치 내가 소싯적에 이루지 못했던 일들을 게눈 감추듯 쉽게 해낼 것만 같아."

"교수님께서도 이루지 못했던 일을 아직 연수원도 수료하지 못한 제가 어떻게 해낼 수가 있겠습니까. 필드에 비하면 사법연수원은 교육기관이나 마찬가지니 제 능력을 너무 과대평가하신 것 일수도요."

"과대평가라……."

이 교수는 짐짓 말꼬리를 늘이다 대남을 바라봤다. 깊이를 헤아릴 수 없는 호수 같은 눈동자를 향해 이 교수의 입술이 다시 움직였다.

"난 여태껏 살면서 누군가를 과대평가해 본 적이 없네."

본격적인 시보 생활을 나가기에 앞서, 사법연수원 1년 차 교육과정을 끝마쳤기에 외부 법률저널에서 인터뷰 요청이 들어왔다.

　대개 교수진들과 밀착 인터뷰를 했던 예년과 달리 24기수만큼은 대남을 향한 취재가 쇄도했다.

　"벌써 김대남 씨께서 사법연수원에 입소한 지 일 년이 지나가고 있는데 감회가 어떠신지 묻고 싶습니다."

　"끝나지 않을 거라 생각했던 사법연수원의 일 년이 어느새 지나갔습니다. 이제 실무 연수 기간을 앞두고 있는데요. 감회라는 거창한 말보단 앞으로 다가올 새로운 순간을 고대하며 긴장된 마음으로 기다리고 있습니다."

　대남의 대답에 법률저널 기자가 고개를 크게 끄덕였다. 입소 전부터 김대남이라는 인물은 장안의 화제였고 기자들 사이에선 취재만 했다 하면 특종이 되었기에 김대박이라고 불렸다.

　이번 사법연수원 취재 또한 법조계 인사들뿐만 아니라 대중들 사이에서도 기다림의 목소리가 컸다.

　기자는 침을 삼켜 목을 풀고는 재차 질문했다.

　"현재 사법연수원 성적으로만 보면 수석이라고 들었습니다. 사법연수원은 사법 고시와는 다른 의미로 공부를 하는 데 어렵다고 하는데 사실입니까?"

"맞습니다. 사법 고시가 전체적인 법조인의 기틀을 만들어 주었다면, 사법연수원에서는 그 깊이를 길러냈고 실무에선 그 깊이 파내려 간 수학의 구멍에 경험을 채워주는 역할을 한다고 볼 수 있습니다."

"앞으로 시보 생활의 첫 시발점이 어딘지 여쭤봐도 되겠습니까?"

사법연수원은 반마다 시보 생활의 순서가 달랐다. 법원을 시작으로 하는 곳이 있는가 하면, 법무법인 실무 수습을 먼저 시작하는 반도 있었다. 대남이 속한 3반의 경우에는 앞선 예시들과 달랐다.

"검찰입니다."

"앞으로 시보 생활을 하게 되면 수많은 사건을 직접 맞닥뜨릴 텐데 긴장되지 않으십니까? 김대남 씨라면 탁월한 두뇌와 능력으로 수많은 사건을 해결할 수 있지 않을까요?"

"검사 시보의 경우에는 현장에서 직접 사건을 다루지 않고 서면을 통해 간단한 업무만을 보고, 현직 검사님들의 보조 역할로 검사 생활의 전반적인 분위기를 읽는 것이 주된 일과입니다. 기자님께서 생각하시는 것처럼 시보가 활약해서 사건을 종결시키는 영화나 드라마와는 다릅니다."

기자의 들뜬 물음에 대남은 찬물을 끼얹듯 말했다. 일순 기자의 얼굴이 붉어졌다.

극적인 취재 내용을 뽑아내기 위해 유도 질문을 던졌다. 대남의 말마따나 시보는 말 그대로 수습보다 낮은 위치에 존재했다.

계급이 아닌, 실질적인 짬의 순위로 따지자면 검사실 내의 계장, 여직원보다도 낮았다.

"그, 그럼 세 가지 시보 업무 중 가장 기대가 되는 곳이 어딥니까."

"검찰입니다."

"왜 검찰인지 이유를 여쭤봐도 되겠습니까?"

대남이 한 치의 망설임도 없이 검찰이라 말하자, 기자가 그 연유에 대해서 되물었다.

"검찰은 흔히들 법과 정의의 수호 집단이라고 말합니다. 기자님께서는 어떻게 생각하십니까?"

"저도 당연히……."

"전 그 점에 관해 알아보고 싶습니다."

대남의 대답을 들은 기자의 표정에 의문이 피어올랐다. 예상외의 답변이었기 때문이다.

기자가 입에서 옹알이처럼 질문을 되뇌고 있을 무렵, 대남이 힐끔 손목시계를 바라보았다.

어느새 인터뷰를 시작한 지 삼십 분이 지나가고 있었다.

"이제 슬슬 일어나 봐야겠는데요, 곧 있으면 연수원장님이 대강당에서 연수생들을 상대로 특강을 하신다고 하니."

"아, 그럼 마지막 질문을 드리겠습니다. 방금 사법연수원에서의 수학은 상당히 깊이가 있다고 하셨는데 김대남 씨 본인이 느낀 체감 난이도는 어느 정도였습니까?"

"체감 난이도라."

기자의 질문에 대남이 자리에서 일어나며 답했다.

"쉬웠습니다."

서울동부지검 형사 제3부.

"이번에 시보 들어오는 연수생들, 강 프로 자네도 한 명 맡아."

"제가요?"

송년회를 앞두고 들떠 있어야 할 형사 제3부의 분위기가 심상찮았다. 곧 있으면 들어올 사법연수원 검사 시보들 때문이었다. 2년을 주기로 시보들이 서울지검을 방문하고는 했지만 실상 현직 검사들에게 있어 그리 달가운 존재는 아니었다.

'업무도 밀려서 힘들어 죽겠구만, 햇병아리까지 맡으라고?'

강현욱 부부장검사가 상석에 앉은 부장검사를 애타게 바라봤지만 낙장불입이라. 이미 내뱉어진 말이 철회될 일은 없어 보였다.

이윽고 주간회의가 끝나자, 어깨를 축 늘어뜨린 강 검사에게로 동료 검사가 덕담을 건네듯 말을 건넸다.

"인마, 표정 풀어. 부장님이 다 네 생각해서 그렇게 해준 거 아니겠냐. 앞으로 자기 뒷자리 이을 부부장인데 빡세게 굴려야지 안 그러겠어? 그리고 혹시 아냐, 이번 시보 검사 들어오는 연수생 중에 쭉쭉빵빵한 미녀라도 있을지."

"픽이나, 그렇게 좋으면 네가 맡던가."

"난 23기수 때 이미 사수를 했었잖냐, 이거 안타까워서 어쩌나."

동료 검사가 강 검사를 놀리듯 말하고는 스쳐 지나갔다. 화를 내봐야 뭣하겠는가, 강 검사가 체념한 듯 자리에서 일어나 자신의 검사실로 발걸음을 옮겼다.

"이번에 우리 검사실에서도 시보 한 명 맡으니까 그렇게들 알아두세요."

형사 제3부 302호실 문을 열고 들어선 강 검사가 계장과 실무관을 향해 말했다. 사십 대 초반임에도 불구 머리가 채 몇 가닥 남지 않은 김 계장이 강 검사의 말에 놀라듯 되물었다.

"검사님, 이번에 우리가 맡는다고요? 요즘 가뜩이나 업무가 밀려서 난리인데."

"내 말이요. 그런데 부장님이 말씀하신 거라 어쩔 수가 없어요. 그나마 똑똑한 놈이 오기를 기대할 수밖에."

"검사님도 참, 연수원에 똑똑한 친구가 있겠어요."

김 계장이 장난 어린 말투로 푸념했다. 물론 사법연수원에서 수학하는 연수생들이 똑똑하지 않다는 뜻은 아니다.

다만 이론과 현장은 차이가 있었고, 대부분의 연수생이 이론에는 빠삭할지 모르나 현장 실무에 있어선 어린아이나 마찬가지였다.

처음부터 다시 가르칠 생각을 하니 앞날이 까마득한 것이다.

"한 명 있던데요?"

그 순간, 검사실 한편에 앉아 있던 여실무관이 신문을 들어 보였다.

"이번 사법연수원 24기수 중에 똑똑한 사람 한 명 있다고요, 어떻게 보면 이건 똑똑하다는 것을 넘어선 건가……."

"어디 좀 줘봐, 나도 좀 보자."

김 계장은 실무관의 손에서 신문을 뺏듯이 가져와 그 내용을 쭉 읽어내려갔다. 기사의 말미에 다다를수록 김 계장의 눈썹이 위로 올라갔다.

"이야, 이거 난 놈, 아니, 난 법조인인데요. 사법연수원에서의 공부가 쉬웠다고 취재를 했네요. 아무리 과장된 게 있다고 해도 자신감이 장난 아닌데요. 그런데 얼굴이 낯이 익은데 이름이……."

"아는 사람입니까?"

"김, 김대남이잖아요.!"

강 검사의 물음에 김 계장이 뒤늦게나마 놀라 자리에서 일어선 채로 말했다.

신문에는 대남의 이름과 얼굴이 기재되어 있었다. 불과 몇 년 전 각종 언론사를 시끄럽게 도배했던 유명인물이었다. 항상 업무에 고립되어 사는 강 검사라고 해서 모를 일이 없었다.

"그 친구가 24기수였군요."

강 검사의 시선이 신문에 기재된 대남의 사진으로 향했다. 정장을 차려입은 채 앉아 있는 모습은 그 어느 사법연수생들과 별반 차이가 없었다. 다만 그가 여태껏 보여온 언행과 행보를 보자면 단연코 그 누구와도 범줄 수 없을 정도로 대단했다.

"그런데 그 친구가 저희 서울지검에 배정되겠습니까."

서울동부지검에만 하더라도 총 11명의 검사 시보가 배정되었다. 전국적으로 검사 시보들이 흩어지는 마당에 김대남이라는 연수생이 서울지검으로 배정되었을 확률은 미미했다.

"공문은 언제 뜬답니까?"

강 검사의 말이 끝나기가 무섭게 팩스에서 공문이 출력되어 나왔다.

"호랑이도 제 말 하면 온다더니, 검사님께서 말씀하시자마자 시보 명단이 출력되어 나왔네요."

　김 계장이 곧장 출력된 공문을 집어 들었다. 김 계장의 왼손에는 대남의 얼굴이 실린 기사가 오른손에는 검사 시보 명단이 적힌 공문이 들린 가운데, 검사실 내의 이목이 집중되었다.

- 8장 -
검사의 나날

"김, 김대남인데요?"

검사실 내의 모든 이목이 집중된 가운데, 김 계장이 믿기지 않는다는 말투로 말했다. 앞서 있던 강 검사가 잰 발걸음으로 곧장 공문을 받아들었다.

서울동부지검 형사 제3부 시보 사법연수원 24기 김대남.

검사 시보 명단에 분명 대남의 이름이 적혀 있었다. 그 이름 석 자를 본 강 검사의 표정이 미묘해졌다.

일전 대남이 생방송 법률 프로그램에서 선배 법조인을 상대로 망신살을 뻗치게 한 적이 있다.

그 당시의 강단과 언행을 살펴보면 조직생활에 맞지 않는

폭탄과도 같은 이미지일 터, 과연 동부지검에 오게 된 것이 행운일까 아니면 악운일까……

그 시각, 황금양은 송년회 준비로 바짝 열이 올라 있었다.

재작년을 기점으로 문화·예술업계에서의 단단한 기틀을 마련하기 시작했다.

영화감독을 비롯해 충무로의 기성 배우들 섭외까지 순풍에 돛단 듯 모든 일이 잘 풀렸다. 타 기업에 비해 성과금과 복지가 훌륭하니 직원들의 얼굴이 활짝 펴져 있었다.

"고생들 많으십니다."

"어, 대표님!"

대남의 갑작스러운 방문에 직원들이 놀라 자리에서 일어났다. 사법연수원에 입소하고 나서부터는 도통 황금양에 모습을 보이지 않았던 대남이었다.

중요한 업무 처리 또한 서면을 받거나 전화를 통했기에 대남을 마주한 직원들의 얼굴에는 반가움이 가득했다.

"지금은 대표직에서 물러났으니 그냥 사장 아들 아니겠습니까. 아버지 좀 만나러 왔습니다."

직원들 대부분이 대남을 실질적인 황금양의 주인으로 생각하고 있기에 그를 바라보는 시선에는 나이를 불문하고 존경심이 가득했다.

숱한 회사를 다녀보았지만 이토록 미래지향적인 곳을 찾아보기는 힘들었다. 대남은 직원들의 시선을 뒤로하고 사장실로 발걸음을 옮겼다.

"아버지, 오랜만입니다."

"대남아······!"

대남이 올 걸 예상하지 못했던 아버지가 입가에 미소를 가득 머금고 자리에서 일어나 포옹을 해주었다.

"이제 일 년 남았구나."

사법연수원을 입소한 것이 엊그제 같은데 벌써 일 년이란 시간이 흘렀다.

그간 대남에게도 많은 변화가 있어 보였다. 정장 차림에 사법연수원 배지를 단 것이 어엿한 예비 법조인의 향기가 물씬 났다.

"아들아, 돈도 많이 벌었는데 이제는 명예를 얻어보는 게 어떻겠냐."

아들이 법조계에 남아 사회적으로 명망 높은 위인이 되길 바라는 아버지의 마음이었다.

대남은 그런 아버지를 향해 고개를 저어 보이며 말했다.

"명예는 어느 자리에 있건 얻을 수 있습니다. 법조계에 남은 인생을 바친다고 해서 꼭 뜻깊은 삶을 살 수 있는 것도 아니고요. 제가 적당한 때가 되면 다시 황금양으로 돌아올 생각입니다."

"네 뜻이 그렇다면야 어쩔 수 없지."

"지난번에 말씀드린 해외 영화 배급권 문제는 어떻게 됐습니까."

대남은 황금양에 관한 업무 내용을 서면을 통해 확인하고 있었다. 향후 계획에 관해 미리 언질을 줬기에 아버지는 머리를 긁적이고는 답했다.

"'7가지 죄악' 말이냐? 그런데 그런 범죄 스릴러물이 통할지는 모르겠구나. 지난번 '사랑 안에 블랙홀'은 스토리와 생소한 소재 때문에 흥행 몰이에 성공했지만 말이다."

"배급권은 확실히 따셨습니까?"

"따기야 했지. 어떻게 네 말을 허투루 들을 수 있겠냐."

아버지는 새로운 해외 영화 배급 문제에 대해 염려스러운 듯했다. 대남이 밀고 있는 해외 영화 '7가지 죄악'은 범죄 스릴러극으로 은퇴를 7일 앞둔 형사와 신출내기 형사가 팀이 된 직후 벌어지는 살인 사건들이 주된 이야기이다.

"마초 영화와 신파극이 주를 이루는 극장가에서 이런 소재의 영화가 흥행을 할 수 있겠니? 솔직히 말하자면 지난번 영화와는 수준이 다르지 않냐. 주연배우가 할리우드에서 입증된 배우이기는 하지만 국내시장에선 너무 도박이 아닐까 싶어."

"아버지, 저희 황금양이 문화·예술업계에 뿌리를 내린 까닭이 돈을 벌기 위해서입니까."

"그거야……."

아버지가 쉽사리 대답하지 못하자 대남이 뒤이어 말했다.

"케케묵은 판을 뒤집기 위해서입니다. 물론 흥행에 성공은 못 한다고 하더라도 당장 황금양이 받는 피해는 미미할 겁니다. 전 이 작품을 믿습니다. 그리고 실험적인 주제의 작품들이 좀 더 영화관을 다양하게 채워줬으면 좋겠습니다. 돈을 바랐다면 애초에 황금양을 설립하지도 않았을 겁니다."

황금양은 이미 문화·예술업계의 이단아로 자리매김하고 있었다. 주류에서 벗어난 소재들을 대상으로 영화를 만들었기에 평론가들과 영화인들에게는 호평을 받는 기업이었고 대중들에게도 사랑을 받았다.

아버지는 황금양의 위상이 높아질수록 저도 모르게 상업적인 모습으로 변질된 것 같아 입맛이 씁쓸했다.

"내가 생각을 잘못했구나. 미안하다. 참, 고지원 씨가 얼마 전에도 우리 회사를 찾아왔었다."

"고지원이요……?"

"그래, 고지원 씨가 황금양과 계약하고 싶다고 하더구나. 일단은 내가 보류를 시켰다. 그래도 충무로에서 청춘스타라 불리며 간판 여배우인데 이렇게 본인이 직접 우리를 찾아올 줄은 몰랐어."

대남은 아버지의 입에서 갑작스럽게 고지원의 이름이 튀어나오자 의아했다.

"고지원의 기존 소속사가 가만있지 않을 텐데요?"

"그게, 대외적으로는 고지원 씨가 제 발로 기존 소속사와 트러블로 인해 계약 갱신을 안 했다고 하지만 소문에는 기존 소속사가 방출했다는 말이 있어."

"방출이라⋯⋯."

고지원은 명실상부 충무로의 청춘스타다. 아무리 성격이 고약하기로서니 소속사에서 황금알을 낳는 거위를 내칠 리가 없었다.

아무래도 고지원의 성격상 더 이상 소속사에 남지 않겠다고 결심했을 때부터 계약 해지는 예정된 수순이었을 것이다. 그래도 설마하니, 황금양으로 직접 찾아왔을 줄이야.

"다른 연예계 기획사 측에서 나온 말들은 없나요?"

"말도 마라, 지금 고지원 씨 잡으려고 연예기획사들이 눈에 불을 켜고 있단다. 요즘 고지원 씨가 산다는 아파트 앞에 가보면 기획사 직원들이 죽치고 있다더라."

"그렇게 러브콜을 보내는 곳이 많은데, 황금양을 찾아왔다라⋯⋯."

고지원의 위치를 생각한다면 황금양에서 받아주는 것이 좋았지만 대남의 생각은 예전과 다르지 않았다.

　떨어지는 칼날을 굳이 손으로 잡으려고 할 필요는 없는 법이다.

　"그 여자는 됐습니다."

　대남의 단호한 말에 아버지가 고개를 끄덕여 보였다. 고지원이라는 황금알을 낳는 거위를 포기한다는 것이 아까웠지만 아들의 신묘한 능력을 믿었기 때문이다.

　아버지는 이제 벽에 붙은 달력을 바라보며 말했다.

　"이제 시보 생활을 시작한다고?"

　"네, 일주일 뒤부터 동부지검으로 출근해야 합니다."

　"검찰이라, 어떻게 보면 네 성미에 딱 맞는 직군이겠구나."

　거침이 없고 남들이 보지 못하는 점까지 직시하는 대남의 성격이라면 변호사보다는 검찰 직군이 더 어울릴 터. 아버지의 눈에 검사복을 입은 대남의 모습이 선했다.

　그리고 일주일이라는 시간은 생각보다 눈 깜짝할 새에 흘러갔다.

　"김대남이라."

강 검사는 자신의 밑으로 배정된 검사 시보의 이름을 되뇌었다. 익히 유명했던 인물이기에 모를 리가 없었다.

계장과 실무원은 평소 때와 다르게 유명 인물이 온다는 사실에 들떠 보였다. 기대감과 함께 검사실의 문이 열렸다.

"안녕하십니까. 이번 검사 시보직을 맡은 사법연수원 24기 김대남이라고 합니다. 잘 부탁드립니다."

깊숙이 고개를 숙이는 대남의 모습에 강 검사가 자리에서 일어났다.

"반가워요. 난 동부지검 형사3부의 강현욱 검사입니다. 앞으로 지도검사를 맡게 되었으니 잘해봅시다. 이쪽은 김동진 계장 그리고 서현지 실무원입니다."

대남은 예의 바르게 모두와 인사를 나누었다. 그럴수록 강 검사의 표정이 미묘해졌다.

각종 언론을 통해 들어왔던 이야기와는 사뭇 괴리감이 있었기 때문이다. 생방송 법률 프로그램에서의 모습만 떠올려보더라도 지금 고개를 숙이고 있는 대남의 모습과는 차원이 달랐다.

"긴장됩니까?"

강 검사가 대남을 바라보며 물었다.

"당연히 긴장됩니다. 하지만 훌륭하신 분들 밑에서 검사 수행을 배울 수 있다고 생각하니 더할 나위 없이 기쁘기도 합니다."

'긴장을 안 하고 있잖아.'

강 검사는 오랜 검사 생활의 연륜 때문이랄까, 사람의 눈동자를 보면 단박에 파악할 수가 있었다.

김대남이 도대체 어떤 생각을 품고 있는지는 모르겠으나, 그의 여유로운 눈동자를 보고 있자면 긴장한 기색은 조금도 찾아볼 수가 없었다.

"일단 시보 자리에 앉아 계장님이 하시는 업무들을 분담해서 맡으세요."

"네, 알겠습니다."

검사 시보의 경우 지도검사가 맡은 업무 중 자잘한 사건·사고 등을 검토하고, 계장과 실무관이 하는 업무를 할애해서 맡는 경우도 부지기수다.

기록 편철과 기록 목록, 표지 등을 작성하는 데에는 실무관의 도움이 결정적이었기에 대개 시보 생활 내내 지도검사보다 두터운 친밀감을 쌓기도 한다.

물론 구속 사건의 조사와 피의자 신문을 아예 하지 않는 것은 아니었지만, 시보 생활 첫날부터 본격적인 업무를 맡을 리는 없었다.

"시보 생활 첫날은 대개 기록 목록 작성하는 것부터 시작해요."

실무관이 다가와 대남에게 말했다. 대남의 얼굴을 바라보는 그녀는 마치 유명인을 대하는 태도였다.

그녀는 같은 방을 쓰고 있는 계장에게 들리지 않을 정도로 대남을 향해 작게 말했다.

"대남 씨, 제가 예전부터 팬이었어요, 나중에 사인 한 장만 해줘요."

"아, 네."

요목조목 알려주는 실무관의 태도는 그 어느 때보다 친절했다.

대남이 배정받은 동부지검 형사 제3부 302호실은 생각보다 업무가 꽤나 밀려 있었다. 부부장검사의 방이었지만 평검사의 방을 방불케 할 정도로 사건·사고 목록이 많았다.

대남은 겹겹이 쌓인 사건 파일을 바라보며 의아스럽게 물었다.

"원래 사건 파일이 이렇게 많나요?"

"아니에요, 지금 살인 사건이 이중으로 터져서 업무가 밀린 거예요. 지금 저희 동부지검 전체가 마비되다시피 했으니까요."

"살인 사건이요?"

대남의 물음에 실무관이 의아한 표정을 지으며 말했다.

"연수원 생활하시느라 뉴스를 못 보셨나 보구나. 올겨울만 하더라도 저희 동부지검 관할구역에서 살인 사건이 연달아 터

졌잖아요. 연쇄살인 사건이다, 아니면 별개의 살인 사건이다 이렇다저렇다 하는 말들이 많은데 아직까지 갈피를 못 잡았으니……"

혹여나 검사 방에 있는 강 검사가 들을까 작은 목소리로 말하는 실무관이었다.

그 순간, 검사 방의 문이 열리며 강 검사가 걸어 나왔다. 실무관이 화들짝 놀라 제자리로 돌아갔지만, 강 검사는 개의치 않은 듯 사건 파일을 손에 든 채로 입을 열었다.

"아무리 봐도 별개의 살인 사건인데 말이야, 언론에서는 어떻게든 특종 한번 만들어 보겠다고 계속해서 연쇄로 몰고 있으니……"

강 검사는 요 며칠 제대로 잠을 이루지 못한 탓인지 눈 밑이 거무죽죽했다. 그의 손에 들린 사건 파일은 이미 헤지다시피 너덜너덜해져 있었다.

"자네가 생각하기에는 어때, 이 사건들 뉴스에서 보지 않았어?"

강 검사는 속이 답답한 것인지 시보 자리에 앉아 있는 대남을 바라보며 물었다.

하지만 대남은 이번 동부지검 관할구역에서 일어난 2건의 살인 사건에 대해서 자세히 알지 못했다. 그런 대남의 생각을 읽은 것인지 강 검사는 고개를 절레절레 흔들며 말을 이었다.

"내가 시보한테 뭘 묻는 건지, 잠을 못 자서 그런 건가."

강 검사가 그렇게 말을 하며 다시 뒤돌아서려는 찰나, 대남이 말했다.

"한번 봐도 되겠습니까?"

"……뭐?"

강 검사는 갑작스러운 대남의 말에 고개를 돌렸다.

한편 신출내기라고도 할 수 없는 검사 시보의 맹랑한 물음에 계장과 실무원이 화들짝 놀란 표정이 되었다.

버럭 화를 낼 거라는 예상과는 다르게 강 검사의 눈꼬리가 묘하게 휘어졌다.

"자네가 이걸 보면 뭘 알겠나?"

"검사님께서도 답답하셔서 물으신 거지 않습니까. 머리가 한 개인 것보단 두 개인 것이 낫지요."

강 검사는 걸음을 옮겨 시보 자리 앞으로 다가갔다. 그제야 대남이 자리에서 일어나 강 검사가 건네는 사건 파일을 받아 들었다.

두꺼운 사건 파일에는 2가지 사건이 연루되어 있었다. 강 검사가 대남을 바라보며 말했다.

"검사 시보에게 많은 것을 바라지는 않으니 한 번 보고 모르겠으면 그냥 내 자리에 다시 놔둬. 삼십 분 뒤에 출장을 나가야 하니 말이야. 오늘 업무는 김 계장님에게 계속 배우고."

"그리 오래는 걸리지 않습니다."

"그게 무슨 말인가?"

"검사님 출장 가기 전까지 다 보고 제 견해를 말씀드리겠다는 것이죠."

"허."

대남의 호기로운 발언에 강 검사는 기가 찼다. 동부지검 관할구역에서 일어난 2건의 살인 사건 때문에 주말을 반납해도 시간이 모자랄 정도다.

밤낮 가리지 않고 사건 파일을 들여다보았지만 도통 감이 잡히지 않았다. 한데, 삼십 분도 안 되는 시간 안에 그 모든 것을 파악하고 자신의 견해를 내놓겠다라, 지나가던 개가 웃을 일이다.

"한번 해봐."

강 검사는 입가에 조소를 머금었다. 하지만 두 눈동자는 또렷이 대남을 직시하고 있었다.

과연 저 자신감이 허세에서 비롯된 것일까, 아니면 언론에서 말하는 바와 같이 정말 불세출의 천재인 것일까.

자못 궁금해지는 가운데 대남이 사건 파일을 훑어보기 시작했다.

"저, 대남 씨. 우리 검사님이 평소에는 인자하시고 착하신데 화가 나시면 물불 안 가리시거든요. 그래서 웬만하면 심기를 건드리지 않는 게 좋아요. 이번 살인 사건 때문에 안팎으로 압박을 당하셔서 지금 저기압 상태이시거든요."

실무원이 조심스레 다가와 낮은 목소리로 말했다. 김 계장 또한 같은 생각인 것인지 동조를 표하며 고개를 끄덕여 보이고 있었다.

'안팎으로 압박을 당하고 있다라, 밀려난 사람인가.'

대남은 302호 검사실의 풍경을 훑었다. 겹겹이 쌓인 사건 파일들은 업무 과다라는 것을 일찍이 알려주고 있었고 계장과 실무원의 얼굴에는 그늘이 가득했다. 부부장검사란 실질적인 중간 실세급의 위치였음에도 불구하고 말이다.

그러고 보니 검사실 곳곳에 아직 포장을 풀지 않은 박스들이 가득했다.

"강 검사님 본래 동부지검 사람이 아닙니까?"

"대남 씨, 그걸 어떻게 아셨어요? 원래는 서부지검에서……."

"크흠!"

실무관이 말을 하려고 하자 김 계장이 크게 기침 소리를 냈다.

그제야 실무관도 자신이 말실수를 할 뻔한 것을 깨닫고는 곧장 입을 다물었다. 하지만 짧은 단편만으로도 대남은 자신의 예상이 틀리지 않았다는 것을 알 수 있었다.

"우리 시보님이 오늘 첫 출근이라 잘 모르시나 본데, 그 두꺼운 사건 파일을 삼십 분 안에 파악하는 건 검찰청장님이 와도 힘들어요. 더군다나 인과관계가 제대로 파악도 되지 않는 살인 사건인데 말이죠. 지금이라도 강 검사님한테 가서서 죄송하다고 말씀드리는 게 나을 것 같은데……."

"괜찮습니다."

김 계장이 대남을 흘겨보며 말했다. 어찌 보면 저들보다도 짬밥이 낮은 검사 시보의 행동과 발언은 세상 물정 모르는 꼬마 아이의 자신감과도 비슷하게 느껴졌다.

하지만 대남은 개의치 않은 듯 고개를 저었다. 그 모습에 김 계장이 의아하게 되물었다.

"괜찮다고요?"

"이미 다 파악했으니까요."

"……네?"

놀란 김 계장과 실무원의 시선을 뒤로 한 채 대남이 자리에서 일어났다.

대남이 검사방의 문을 열고 들어서자, 강 검사의 눈동자에 흥미가 감돌았다.

"벌써 다 읽은 것인가, 아니면 포기 선언을 하러 왔나."

강 검사의 비아냥 섞인 물음에 대남은 개의치 않고 대답했다.

"파악했습니다. 다만 제 견해를 말씀드리기 전에 검사님께

한 가지 여쭤보고 싶은 게 있습니다. 검사님께선 이 2건의 살인 사건이 연쇄라고 생각하십니까, 아니면 별개의 살인 사건이라고 생각하십니까?"

"내 말을 허투루 들었나 보지, 무조건 별개의 살인 사건이야."

"무조건, 그렇게 확신하시는 이유는 무엇입니까."

강 검사는 대남의 태도에 한 번 놀라고, 자신감에 손뼉을 쳐주고 싶었다. 본인의 검사 시보 적에는 어떠했는가, 지도검사의 눈 밖에라도 날까, 하루하루 초조하고 긴장된 나날의 연속이었다.

기본적인 업무를 배움에도 진땀을 흘리는 게 다반사였다. 한데 대남의 모습을 보고 있자면, 시보라는 직함은 생각나지 않을 정도로 거침이 없었다.

"석 달의 간격을 두고 같은 마양동에서 2건의 살인 사건이 일어났어. 동부지검의 텃밭이라고도 할 수 있는 바로 코앞에서 말이야. 살해당한 여성들이 직업여성이라는 점을 제외하고는 공통점을 찾아볼 수 없지. 살인에 사용된 도구와 사체 유기 방법 또한 두 사건이 판이하고, 결정적으로 목격자들의 진술에서 말하는 용의자의 특징이 서로 달라."

"그 점뿐입니까."

강 검사는 고개를 저었다. 그러고는 곧장 책상에 걸터앉아

서는 말을 이었다.

"화성 연쇄살인 사건이 마지막으로 발생한 후 몇 년이 흘렀는지 알고 있나."

"3년입니다."

"그래 아직까지 끝나지 않았을 수도 있고, 끝난 사건일 수도 있지만 분명한 건 검경에서 수년 동안 노력을 했지만 범인을 잡지 못했다는 거야. 그때부터 국내에 연쇄살인 사건이라는 개념이 확실히 각인되었지. 범인의 잔혹성을 물론이고 장기간 벌어졌던 사건이니만큼 대중들은 연쇄살인에 대한 공포심에 아직까지도 사로잡혀 있어. 때문에 이 두 건의 살인사건을 섣불리 연쇄살인 사건이라고 단정 짓기는 어려워."

화성 연쇄살인 사건은 대한민국의 범죄사에 큰 오점과 획을 동시에 그었다 해도 과언이 아니었다. 이로 인해 과거의 자백 위주의 수사 방법에서 유전자분석을 비롯한 기초적인 과학수사의 기틀이 잡혔기 때문이다.

또한 아직까지 해결되지 않은 사건으로서 전 국민을 악몽에 떨게 했었다.

"그렇기에 난 이번 2건의 살인 사건이 무조건 별개의 사건이어야 한다고 생각하네."

강 검사는 대남을 바라보며 재차 말했다. 그 모습에서는 확신이 가득했다. 동부지검의 관할구역에서 벌어진 2건의 살인 사건이다.

살인 사건이라는 그 죄목 하나만으로도 대중들을 불안에 떨게 했는데 만약 연쇄살인 사건일 경우 검경의 위신은 땅바닥으로 곤두박질칠 것이 자명했다.

"자네는 어떻게 보았나."

"전 검사님과 생각이 다릅니다."

"……!"

대남의 말에 강 검사가 걸터앉았던 엉덩이를 떼고 자리에서 벌떡 일어났다. 대남은 강 검사를 향해 쐐기를 박았다.

"동부지검 관할구역에서 벌어진 2건의 살인 사건은 명백한 연쇄살인 사건입니다."

강 검사는 본래 예정되어 있던 출장을 미뤘다. 정확한 사유를 알 리 없는 계장과 실무원의 의문스러운 눈초리가 있었으나 개의치 않았다.

강 검사는 눈앞의 대남을 바라봤다. 목소리에 떨림이 없고 시선은 자신을 직시하고 있다.

긴장이라고는 한 톨도 찾아볼 수 없을 만큼 여유로운 그의 태도에 얼굴만 가렸다면 누가 이 검사 방의 주인인지 헷갈릴 지경이다.

"자네의 말을 뒷받침해 줄 근거라도 있나? 마냥 감만으로 섣불리 판단을 했다는 것은 아닐 거 아닌가!"

만약 근거가 불합리하다면 엄벌백계를 내릴 것 같은 강 검사의 호령에도 대남은 여유로운 모습을 고수했다.

"살해 피해자 사이에선 직업여성이라는 공통점이 있습니다."

"지금 직업여성을 노리는 정신질환 살인자를 특정하겠다는 것인가? 여기는 범죄심리학을 수학하는 법학과가 아니야, 실전이라는 것을 잊은 건가."

"그럴 리가요."

대남은 오른손에 들린 사건 파일을 들어 보이며 말을 이었다.

"피해자들은 직업여성으로서 꽤나 고급 요정에서 일을 했습니다. 일을 하던 요정은 각기 달랐어도 그들은 한마디로 상류층들을 상대하는 화류계 여성이었다는 것이죠. 혹 업소에서 그녀들이 맡았던 손님 명단을 받아보셨습니까?"

"크흠."

"불가능했을 겁니다. 애초에 상류층을 상대로 윤락업을 성행하는 곳인데 명단이 제대로 있을 리가 만무하고, 있다 해도 존재할 수 없는 장부겠지요. 그런데 여기서 주목해야 할 점은 피해자들이 살해를 당하기 반년 전 마양동으로 이사를 왔습니다. 이상하지 않으십니까?"

"……."

"아무리 상류층을 상대하는 화류계 여성이라고 할지라도 본업은 직업여성입니다. 한마디로 불법을 행하는 이들인데 굳이 요정과 가깝고, 거주 시설이 잘되어 있는 인접 지역을 놔두고 왜 멀리 떨어진, 그것도 동부지검의 텃밭이라 불리는 마양동으로 이사를 왔을까요? 등잔 밑이 어두워서 그 모습을 가리기 위해서? 말도 되지 않는 소리입니다."

강 검사의 표정이 미묘하게 달라졌다. 처음에는 그리 중요치 않게 생각했던 피해 여성들의 거주 지역이 대남의 말로 인해 명확히 수사 포인트로 변하고 있었다.

"제가 생각했을 때, 위 두 사람은 과시를 위해서 마양동을 찾았을 겁니다. 자신이 바로 동부지검 바로 옆에 있다는 사실을 말이죠."

"누구에게?"

"아무래도 범인이겠죠."

강 검사는 현재 상황을 추리하고 있는 대남의 말을 멈출 수가 없었다. 강 검사가 계속해 보라는 듯 짧게 고개를 끄덕이자 대남이 다시 입을 열었다.

"1차 살인 사건 피해자의 경우 다소 형태를 알아볼 수 없을 정도로 부패가 진행된 이후에 마양동 야산에서 발견되었습니다. 경찰의 초동수사에선 자살이라는 결론이 나왔지만 향후 검찰 조사를 통해 교살이라는 사실을 밝혀낼 수가 있었습니다."

"……."

"2차 살인 사건 피해자의 경우도 위와 유사합니다. 그 부패의 정도가 1차 사건보다 덜하고 결정적 사인이 차로 인한 사고사였다는 점을 고려해 단순 뺑소니 사고로 보고 수사했으나, 가슴팍 부위에 동일한 자동차의 바퀴가 두 번이나 연달아 찍혀 있었다는 점을 미루어 검찰에서는 살인 사건이라는 최종 결론을 내렸습니다."

"그래서 말하고 싶은 바가 뭔가, 경찰의 초동수사가 미흡했다는 점인가? 그건 현장에서 빈번하게 일어나는 일이라 어쩔 수가 없어."

경찰 초동수사의 경우 사건이 경과하고 시간이 흐른 뒤에 추가 혐의점을 발견하게 되면 미흡한 점이 있을 수밖에 없었다. 하지만 대남이 말하는 바는 그것이 아니었다.

"아까 얘기하지 않았나. 이미 두 사건의 목격자가 용의자의 인상착의를 설명했네. 목격자들이 진술한 두 사건의 용의자들은 생김새부터가 완전히 다른데 이래도 연쇄살인 사건이라고 단정 지을 셈인가!"

"시간이 꽤나 흐른 두 사건의 목격자가 검경이 플래카드를 내건 직후 곧장 나타났다라, 더군다나 꽤나 명확히 살인 용의자의 인상착의를 파악하고 있었습니다. 이상하지 않습니까? 용의주도하게 살인 사건을 계획해도 모자랄 용의자가 두 번이나 연달아 목격자를 남겼다니 과연 우연일요?"

"우발적 살인 사건이라면 충분히 벌어질 수 있는 일이네. 그리고 목격자의 경우 보복이 두려웠겠지. 그리고 어느 정신 나간 놈이 동부지검이 떡하니 버티고 있는 마양동에서 연쇄살인 사건을 벌인다는 말인가, 말도 안 되는 소리야!"

강 검사의 반박에 대남이 고개를 저었다.

"애당초 범인은 마양동을 범행 지역으로 선정했을 겁니다. 굳이 마양동을 벗어날 필요도, 그럴 이유도 없었을 테지요. 범인의 입장에서 보자면 두 명의 피해자는 호랑이 굴로 제 발로 들어온 셈입니다."

"그게 무슨 소린가……?"

"사건 파일을 보니 피해자들의 집에서 상당량의 금품이 발견되었습니다. 아무리 상류계층을 상대하던 화류계 직업여성이라 해도 이상한 것이 천지이지요."

"그들이 접대했던 이들이 줬던 것이 아니겠는가."

"상류층들이 굳이 자신과 밀접한 관계를 나눴던 여성이 검찰청 앞에서 생활하는 것을 용납했을까요? 그것도 집안에 금품들을 쌓아놓은 채로 말입니다. 수사는 모든 가능성을 열어놓고 해야 한다는 점에서 이번 마양동 살인 사건은 특이점이 많습니다. 예컨대."

대남의 말에 강 검사의 미간이 좁혀졌다. 뭔가 잡힐 듯하면서도 잡히지 않는 것이 복잡한 미로 속을 걷는 것만 같았다.

대남은 혀끝에 힘을 준 채 이 미로의 길잡이가 되었다.

"상류층 접대, 어떠한 목적으로 마양동 거주, 경찰의 초동수사에 혼선을 빚게 한 자, 살인 사건이 벌어진 서울특별시 광진구 마양동이 자신의 손바닥인 자."

이맛살을 찌푸리고 있는 강 검사를 향해 대남이 되물었다.

"누가 떠오르십니까?"

대남의 물음에 강 검사의 표정이 묘해졌다.

수사는 모든 방향을 열어놓고 해야 한다는 대남의 말은 틀린 말이 아니다. 만약 연쇄살인 사건이라면 범인은 왜, 어떠한 이유로 피해자들을 특정한 것일까, 의문이 꼬리에 꼬리를 물고 이어 나갔다.

"자네 말대로 범인을 유추해 본다면 마양동이 자신의 손바닥 안이면서, 그곳에서 두 번이나 대범하게 살인 사건을 저지른 자, 상류층을 접대하는 화류계 여성과 관계가 있는 자라면, 혹 검찰을 말하는 것인가."

섣부른 추측일 수도 있었지만 대남의 말은 일리가 있었다.

동부지검이 존재하는 마양동에서 살인 사건을 저지를 수

있는 자는 그리 많지 않았다.

지역구에 존재했던 조직폭력배의 소행이라 하기에는 미심쩍은 부분이 많았으며, 범죄와의 전쟁으로 인해 숨을 죽이고 있었다. 최종적으로 강 검사는 가족이라고 말할 수 있는 '검찰'을 범인으로 지목했다.

"범인으로 지목될 수 있는 용의자들은 마양동 내에서 지휘 권력을 가진 공직 인사들이라고 볼 수 있습니다. 굳이 검찰뿐만이 아니라 경찰 고위 간부도 제외할 수는 없습니다."

확인 사살을 하듯 말하는 대남의 목소리에 강 검사가 침을 삼켰다.

단순 별개의 살인 사건이라고 생각했던 2가지 사건이 삽시간 만에 고위 공직자가 연루된 연쇄살인 사건으로 변한 것이다.

대남은 표정이 좋지 않은 강 검사를 향해 말을 이었다.

"물론, 여기서 가장 쟁점을 둬야 할 것은 왜 직업여성들을 죽였냐는 겁니다. 그녀들이 금품을 원했다면 돈을 적당히 주고 입막음시키는 것이 가장 효과적이었을 겁니다. 하지만 범인은 그녀들을 무참히 살해했습니다. 그것도 두 명이나요, 제아무리 마양동이 자신의 손바닥 안인 자라고 해도 엄청난 리스크를 감수한 것이나 다름없습니다. 범인이 왜 그랬을까요?"

장엄하게 펼쳐진 수수께끼의 숲속에서 강 검사는 골똘히

고민을 거듭했다. 하지만 해답은 쉽사리 나오지 않았다. 마치 보일 듯하면서 보이지 않는 것이 눈앞에 안개가 자욱하게 긴 것만 같았다. 그쯤, 강 검사가 고개를 들어 대남을 바라봤다.

"넌 알고 있는 거지?"

"글쎄요."

강 검사는 눈앞의 대남이 기묘하게 느껴졌다. 보통 시보로서의 출근 첫날은 그 누가 온다고 할지라도 어리숙함과 가슴을 죄어오는 긴장감 속에서 말 한마디 제대로 하지 못하고 자리에 앉아 서류 작업을 하기에도 시간이 모자란 것이 일반적인데 녀석은 불과 삼십 분도 되지 않는 시간 만에 자신이 파악하지 못했던 2가지 사건의 연관점을 찾아내었다.

"범인은 꽤 치밀하게 범행을 계획했을 겁니다. 마양동 내에서 2건의 살해를 준비했기에 자칫하면 연쇄살인 사건으로 보일 수도 있는 일이었지만 각개의 용의자를 목격한 목격자들이 나타났고 초동수사에 혼선을 주어 수사권자의 시선에서 별개의 살인 사건이라는 것을 느끼게끔 했죠. 범인은 지금 안심하고 있을까요? 아닙니다. 아직까지 사건이 완전히 종결된 것이 아니기에 몸을 웅크린 채."

"몸을 웅크린 채……?"

"수사권을 맡은 검찰을 노려보고 있을 겁니다."

강 검사는 머리카락이 쭈뼛해지는 것을 느꼈다. 부장검사직이 코앞이었던 서부지검에서 좌천을 당하다시피 강제 발령으로 동부지검으로 밀려났다.

그 덕분에 기수가 꼬이고 꼬여 앞으로 부장검사 직함을 달기는 요원해졌다.

"검사님께서 사건을 맡게 된 경위부터 돌아가 봐야 할 문제입니다. 범인이 고위 공직자라는 가정하에 말이죠."

"가장 내치기 쉽기 때문이겠지. 사건이 잘못된 방향으로 흘러가도 말이야. 동부지검에서 발언권 하나 없는 나로서는 어떻게 할 수가 없으니. 하지만 자네가 주장하는 근거들에 대한 증거는 없어. 이 점에 관해서는 어떻게 설명할 것이지?"

"증거라, 검사님 전 여태까지 제 견해를 말씀드린 것뿐입니다. 수사는 아직 시작도 하지 않았고, 앞서 진척된 수사 내용이 있기는 하지만 지금 와서 무슨 소용이겠습니까. 수사의 속도는 중요치 않습니다."

강 검사는 소파에 몸을 눕듯 기대었다. 소파가 한숨을 쉬며 푹 내리 꺼졌다.

그의 얼굴 면면에는 수많은 생각이 오가고 있었다. 아무 말 없이 담뱃갑을 꺼내 담배 한 개비를 입에 말아 물고는 불을 붙였다.

입과 코 밖으로 뿜어져 나온 희뿌연 연기가 천장에 닿을 때쯤, 강 검사가 홀린 듯 읊조렸다.

"……방향이 중요하지."

대남이 검사 방에서 걸어 나오자 계장과 실무원의 얼굴에는 궁금증이 가득했다.

강 검사가 출장을 미루면서까지 검사 시보의 이야기를 들어야 했던 이유는 무엇일까, 의문이 폭증되는 가운데 시보 자리에 다시 착석한 대남이 입을 열었다.

"저희 점심은 언제 먹습니까?"

시보 생활 첫날이니만큼, 동부지검에 소속된 검사시보들이 한자리에 모였다.

지도검사들의 배려 덕분이었다. 총 11명의 검사 시보는 동부지검에 인접한 백반집에서 식사를 하는 중이었는데 대부분 첫날의 긴장감 때문인지 밥을 제대로 뜨지 못했다. 단 한 명만을 제외하고 말이다.

"대남 씨는 연수원 때부터 여유로우셨는데 아니나 다를까 시보 생활도 꽤나 적성에 맞나 보네요."

24기 사법연수원 동기 한혜진이었다. 사법연수원 동기들은 대개 대남을 어려워했다. 일 년이란 시간이 흘렀지만 사적인 자리에서도 존칭을 쓸 정도였다.

그녀는 대남과 같은 3반 소속이었는데 연수원 생활 초창기부터 대남을 곁에서 지켜봐왔던지라, 그의 성격이 얼마나 무사태평한가를 알고 있다. 물론 그것이 실력에서 비롯된 여유로움이라는 사실도 말이다.

"점심시간이잖습니까."

마치 점심시간에도 긴장을 하고 있는 동기들을 향해 일갈을 내뱉듯 무심하게 말하는 대남의 모습에 동기들은 저마다 깨달은 바가 있는 듯 숟가락을 들었다.

"그나저나 대남 씨는 검사 시보 생활이 꽤 빡빡하시겠어요. 들리는 말로는 3부 부부장검사실이 가장 업무가 많다고 하던데. 저희 검사실 사람들이 별로 안 좋아하는 눈치더라고요."

"어, 저희 계장님도 그렇게 말하시던데. 3부 부부장검사실에 안 걸린 걸 다행인 줄 아시라며……."

"그래도 대남 씨는 사법연수원 수석이시니까, 잘 적응하실 거라 믿어요."

점심시간을 이용해 대화를 나누다 보니 각자 배정된 지도검사에 관한 이야기가 나왔는데, 아무래도 대남의 지도검사인 형사 제3부 강현욱 부부장검사에 관한 이야기는 다들 알고 있는 듯했다.

'동부지검의 공공연한 외부인이라.'

무슨 이유로 서부지검에서 밀려난 것인지는 모르겠으나, 동부지검에서조차 외부인으로 박대받는 강 검사를 보고 있자니 머릿속에 몇 가지 가정이 떠올랐다 사라지기를 반복했다.

대남이 말없이 식사를 계속하고 있자, 한혜진이 작은 목소리로 조심스레 물었다.

"대남 씨, 혹시 기분 나쁘셨어요? 다들 걱정되니까 하는 말이에요. 연수원에서 교수님들이 했던 말처럼 검찰 시보가 힘이 드는데, 대남 씨가 가장 힘든 곳에 배정받았다고 하니까요."

"괜찮아요, 별로 힘들지 않습니다."

대남의 단언에 모두가 고개를 끄덕였다. 허투루 말을 내뱉는 성격이 아니었고 대남이 법률·법학과 관련된 일로 힘겨워하는 것을 본 적이 없는 그들로선 그저 망망대해 속에서 등대의 불빛 없이 혼자 활로를 찾아 파도를 가르는 견고한 선박처럼 보였다.

점심이 끝나고, 302호실로 돌아왔지만 강 검사는 이미 자리를 비운 뒤였다. 대남의 생각을 읽은 것인지 실무원이 검사 방을 고갯짓으로 가리키며 말했다.

"검사님은 조사할 게 있으시다고, 현장으로 나가셨어요."

시보 자리에는 아침과 마찬가지로 기록 목록을 작성해야 할 사건 파일들이 쌓여 있었다. 조금 전 검사 시보들의 말이 거짓은 아닌 듯했다.

이미 과다한 업무가 편향된 마당에, 머리 아픈 살인 사건까지 떠맡다니.

'한마디로 수사가 제대로 진행될 수 없게 했군.'

검사도 한 명의 인간이었고 수행할 수 있는 능력과 반경에는 제한이 있었다.

살인 사건을 맡아 그나마 있었던 업무들의 추진이 중단되기는 했으나 타 검사실로 이관은 없었다.

앞으로 302호실이 헤쳐나가야 할 사건 목록은 주말도 반납해야 될 수준이었다.

'업무 과다로 시달리거나, 자진해서 옷을 벗고 나가라.'

검찰은 조직력이 강한 집단이다. 부정·비리에 관련된 일이라고 할지라도 검찰 내 문화를 생각한다면 암묵적으로 묵과됐어야 할 일이지 이토록 티가 날 정도로 괴롭히지는 않았을 것이다.

도대체 저들이 그렇게 좋아하고 강조하는 '식구'끼리 왜 이렇게 가혹하게 구는 것일까.

"강 검사님이 혹시 서부지검에서 내부 고발을 하셨나요?"

"……!"

"그, 그게……."

대남이 스스로 도출해낸 답을 가지고 계장과 실무원을 향해 묻자, 실무원의 얼굴이 새하얗게 질려 들어갔고 계장은 자리에서 벌떡 일어나 손사래 쳤다.

과도하게 반발하는 그들의 모습을 보고 있자 대남은 자신의 생각이 맞았다는 것을 알 수 있었다.

"저, 대남 씨 제가 다시 가르쳐드릴까요? 기록 목록 작성하는 법 아까 도와드리다 만 것 같은데."

대남이 내부 고발이라는 단어를 발언하고는 아무 말 없이 기록 목록을 작성하자 실무원이 겸연쩍은 표정으로 다가갔다.

"괜찮습니다."

"……혼자서 하시기에는 많이 벅차실 텐데요."

"그럼 같이하시죠."

검사 시보는 말 그대로 사법연수생의 신분이었기에 검찰 업무적인 부분에서 효율과 능률이 떨어지게 마련이었다.

더군다나 강 검사의 302호실은 동부지검에서도 알아주는 업무 과다로 손꼽히는 곳이다. 제아무리 똑똑한 시보라고는 해도 벅차고 힘든 일이었다.

"벌, 벌써 거의 다하셨네요?"

실무원이 놀라 입을 벌렸다. 업무를 도와주기 위해 시보 자리 옆으로 다가갔을 땐 이미 대남이 마지막 기록 목록을 작성하고 있었다.

기록 편철과 목록의 작성이 기초적인 업무이기는 했지만 검찰이라는 사회조직에 속해보지 않은 자라면 수월하게 할 수 없었다.

한데 대남의 행동에는 한 치의 오차도 보이지 않았다. 그제 야 실무원은 언론에서 대남을 가리켜 불세출의 천재라고 부른 다는 사실을 기억해 냈다.

강 검사가 대남을 다시 찾은 것은 그로부터 일주일 뒤의 일 이었다.

그간 강 검사는 동분서주하며 2건의 살인사건에 대해 철두 철미하게 재조사를 실시한 듯했다. 하지만 그럼에도 실마리가 잡히지 않는 것인지 퀭해져 버린 두 눈가와 몰골은 초췌하다 시피 했다.

"솔직히 말하면 아직까지도 갈피가 제대로 잡히지 않아. 자 네의 말대로 고위 공직자들을 용의자로 특정한 뒤 내 나름대 로 수사를 시작했는데 말이야. 용의자들은 있지만 동기와 이 유가 불분명해 아주 미약한 증거조차도 찾을 수가 없었어. 마 치 내가 움직일 걸 미리 예상이라도 한 듯이."

"당연합니다. 이미 범인의 입장에선 강 검사님이 외부가 아 닌 내부를 수사할지도 모른다고 생각했을 겁니다."

"뭐? 그렇다면 나한테 수사를 일임하도록 조정할 필요가 없지 않나."

강 검사가 놀라 되물었다. 대남은 그런 그를 향해 고개를 저어 보였다.

"강 검사님께서는 이미 서부지검에서 내부 고발을 진행하다 막힌 전력이 있습니다."

"……!"

"그렇기에 범인의 입장에선 아주 적절한 장기말이었을 겁니다. 이미 검찰 상부에선 강 검사님을 향한 아니꼬운 시선들이 즐비합니다. 일전에 내부 고발을 위해 검찰 내부를 은밀히 수사했으니까요. 그렇기에 만약 이번에도 내부 수사를 시작한다는 것이 알려지면 정보의 교환은커녕, 검찰 내에서 확실한 외딴 섬이 되어버릴 겁니다. 이 점에 관해선 다른 검사들에 비해 강 검사님이 확실히 불리한 입장이지요."

대남의 말이 이어질수록 강 검사의 안색이 새파랗게 질려 나갔다. 만약 대남의 말대로 범인이 고위 공직자라고 가정한다면 여태까지 강 검사 자신이 범인의 장기말로 움직였을 가능성이 컸다.

내부 고발을 진행한 전력이 있기에 더 이상 내부 수사를 진행하는 것은 요원한 일이었을 것이고, 검사시보로 대남이 오지 않았다면 연쇄살인 사건이 아닌 별개의 사건으로 치부했을 일이었다.

"내가 어떻게 해야겠나."

자존심을 굽힌다고 해도 상관없다.

살인 사건의 범인을 잡는데 자존심이 대수랴, 정의는 멀리 있는 것이 아니다. 아랫사람에게 무릎을 꿇고 도움을 요청하는 한이 있더라도 맡은 사건을 해결해야 하는 것이 강 검사의 정의였다.

그런 강 검사를 향해 대남이 스쳐 지나가듯 말했다.

"물고기가 수면 위로 올라오게 해야겠죠, 떡밥으로."

강 검사의 표정이 오묘해졌다. 물고기를 수면 위로 올라오게 한다니, 그 말이 뜻하는 바가 무엇일까.

고민이 계속되는 가운데 대남이 떡밥을 푸는 낚시꾼의 표정마냥 흥미로운 미소를 입가에 머금은 채 말을 이었다.

"검사님, 지금 범인의 심정이 어떻겠습니까? 일주일 사이에 강 검사님의 수사 방향이 전환된 것을 범인도 지금쯤이면 느꼈을 겁니다. 별개의 살인사건에서 연쇄로 초점을 옮겨가고 있는데 범인이 마음 놓고 있을까요. 오히려 신경이 곤두선 채로 강 검사님의 다음 행동을 주시할 겁니다."

강 검사는 순간 사방에서 자신을 주시하는 듯한 느낌을 받았다.

대남의 말마따나 범인이 자신을 지켜본다면 지금 이 순간조차도 방심을 허용할 수 없을 것이다.

"앞으로 추가 범행이 일어날 거라 보십니까?"

"만약 연쇄살인 사건이라면 가능성을 배제할 수는 없겠지."

"저는 없다고 생각합니다."

대남의 단언에 강 검사가 자리에서 일어났다. 대남은 강 검사를 향해 한 발자국 앞으로 다가섰다.

두 남자의 시선이 맹렬하게 맞붙는 가운데, 대남이 말문을 열었다.

"연쇄살인의 행동을 평가할 때 현재 범인이 피해자들을 특정한 이유와 동기는 불분명합니다. 하지만 살해 정황을 살펴보았을 때 살해 수법과 시체의 유기가 여타 일반 살인 사건들과는 괴리가 있습니다. 목격자를 남겨두고, 사체를 비교적 정교하게 옮긴 반면 남들의 시선에 노출된 장소에 유기했습니다. 두 피해자 사이에 살해된 간격은 3개월 차이로 냉각기가 있었다고 판단할 수 있으나 다르게 생각하면 첫 번째 피해자의 시체가 발견된 직후 두 번째 피해자가 살해당했습니다. 그 이유는 뭘까요?"

"잘 모르겠군."

"잘 생각해 보십쇼. 검경에서 첫 번째 피해자를 발견하고 얼마 안 돼서 두 번째 피해자가 살해되었습니다. 교통사고로 위장한 채 말이죠. 곧장 죽이나, 시간적 간격을 두고 죽이나 범인의 입장에선 각개의 살인사건으로 위장할 수 있었는데 왜 두 번째 피해자의 경우엔 시간을 끌었을까요."

강 검사의 머릿속에선 수많은 살인 사건의 수법과 유형들이 얽히고 섞여 나타나고 있었다. 시간을 끌어야만 했던 이유가 있었던 것일까, 아니면.

"시간이 임계점에 도달했기 때문일 겁니다."

"임계점이라니?"

"추론에 불과하지만 범인은 분명 그녀들을 살해할 수 있는 시간의 제한이 있었을 겁니다. 첫 번째 피해자의 경우엔 범인의 회유가 먹혀들어가지 않아 곧장 죽였지만, 두 번째 피해자의 경우는 달랐을 겁니다."

"회유가 먹혀들었다는 말인가?"

"아마도요."

강 검사는 곧장 두 번째 살해사건의 피해자 파일을 들어 훑어보았다.

첫 번째 피해자와 마찬가지로 집안에서 상당량의 금품이 발견되었으나 그 양과 값어치는 첫 번째 피해자보다 족히 수배는 더 나갔다.

그녀가 지니고 다녔던 명품들만 보더라도 직업여성이 아니라, 재벌가 며느리라 해도 믿길 지경이었다.

"잠시만, 회유에 먹혀들었다면 굳이 모험을 감수하면서까지 죽일 이유는 없지 않나?"

"범인 입장에선 그녀가 시한폭탄이었을 겁니다. 돈을 먹여 회유를 했지만 언제 터질지 모르는 폭탄이었겠죠. 그리고 임계점이 다가오는 내내 그녀의 청탁은 수위가 점점 강해졌을 겁니다. 그녀 또한 알고 있었겠죠. 범인이 디데이만을 손꼽아 기다린다는 사실을요."

"디데이라니, 그건 또 무슨 말인가. 범인이 손꼽아 기다린다는 날이라니."

사건 파일을 보고 시작된 추론이었지만 상당한 설득력을 가지고 있었다. 대남의 말이 계속해서 이어질수록 강 검사는 귀를 기울일 수밖에 없었다.

자신이 미처 파악하지 못했던, 흘려보았던 단서들이 대남의 눈과 손에서 새로이 태어나고 있었다.

"저는 애초부터 범인을 고위 공직자라고 단정하고 추론을 시작했습니다."

"그렇지."

"그렇다면 검경을 포함한 고위 공직자들에게 있어 올해 들어 가장 중요한 날은 언제일까요."

"설마."

퍼즐이 맞춰지듯 사건의 실마리가 보이기 시작했다.

처음부터 각기 다른 용의자를 만들 속셈이었다면 동시에 살인 사건을 진행하는 편이 옳았을 수도 있다.

하지만 범인은 왜 3개월의 시간 차를 두고 그녀들을 살해했으며, 상당량의 금품을 준 것이란 말인가. 그 해답이 대남의 입에서 열렸다.

"제14대 국회의원 총선, 바로 그 디데이입니다."

강 검사는 고민을 골똘히 할 수밖에 없었다.

검경 출신의 국회의원 총선을 앞두고 있는 자라고 한다면 용의자의 범위는 단박에 줄어든다.

하지만 위험 부담이 클 뿐 아니라 내부 고발을 진행해 본 적이 있는 강 검사로서는 쉽게 용단을 내릴 수 없는 일이었다.

더군다나 고위 공직자들을 대상으로 무턱대고 쑤셔볼 수도 없는 노릇이니, 범인은 이미 수면 아래로 깊숙이 몸을 숨긴 뒤다.

"오늘따라 검사님 심기가 불편하신 거 같죠?"

실무관이 옆자리에 앉은 계장을 향해 조그마한 목소리로 물었다. 계장이 고개를 짧게 끄덕이는 것으로 대답을 대신했다.

한편, 맞은편 시보 자리에 앉아 있는 대남은 여느 때와 다름없이 평화로워 보였다. 마치 홀로만 다른 세상에 있는 것 같다.

"계장님, 기록 목록 작성 끝냈고 구속 피의자 신문조서도 끝냈는데 더 할 일은 없나요?"

"벌, 벌써 다 하셨습니까?"

"단순 절도 사건이라 복잡할 것도 없었는데요, 뭘."

계장은 대남의 말에 놀라 눈을 크게 떴다. 여태껏 숱한 검사 시보들을 보아왔지만 이토록 적응력이 뛰어난 이는 처음이었다.

단순 절도 사건이라고 해도 구속 피의자 신문조서의 경우 지도검사의 지도가 없다면 시간이 꽤 걸릴 일인데도 대남은 홀로 손쉽게 해내었다.

동부지검에 배정된 검사 시보들이 다 이러할까, 다른 계장들에게도 물어봤지만 대부분이 지도검사들에게 핀잔을 들으며 애를 먹고 있다고 한다.

계장이 입을 벌리고 있는 와중, 검사 방의 문이 열리며 강 검사가 걸어 나왔다.

"따라와."

강 검사는 대남을 향해 짧은 말만을 남기고 검사실 밖으로 걸어나갔다. 계장과 실무관이 눈이 휘둥그레져서 그 광경을 지켜보고 있자 대남이 개의치 않은 표정으로 자리에서 일어났다.

"도대체가 무슨 일이래요?"

실무관이 돌아가는 상황을 모르겠다는 듯 물었지만 계장도 어깨를 으쓱해 보일 뿐 대답할 수가 없었다.

그들이 도착한 곳은 동부지검에서 멀찍이 떨어진 포장마차였다.

초저녁이라 그런지 아직까지 자리가 많이 비어 있었다. 강 검사는 대남의 눈앞에 있는 소주잔에 소주병을 기울이며 말했다.

"너라면 어떻게 하겠냐."

밑도 끝도 없이 묻는 물음이었지만 대남은 그 진의를 알고 있었다. 소주병을 건네받아 강 검사의 소주잔에 병을 기울이며 답했다.

"저라면 뒤도 돌아보지 않고 박을 겁니다."

"검사 생활 쫑 내라는 거냐."

"이미 서부지검에서 한바탕 하신 거 아니었습니까?"

다소 건방지다고 할 수 있는 대남의 말이었지만 강 검사는 개의치 않았다. 얼마 되지 않았지만 지내다 보니 대남이 직설적으로 말하는 성격이지, 되려 사람 속을 긁는 성미는 아니라는 것을 알았기 때문이다.

강 검사가 마른 입술을 쓸며 말했다.

"소주가 오늘따라 참 달아, 인생이 써서 그런가."

"떡밥을 던지실 겁니까."

"물고기를 수면 위로 올라오게 하려면 결국 그 수밖에 없겠지. 내가 지금 검사 시보를 앞에 두고 무슨 말을 하는지 모르겠어. 너를 앞에 두고 말을 나누면 시보가 아니라 내 동기라고 해도 믿길 지경이야."

소주잔을 입안으로 털어 넣을수록 맞은편에 앉은 대남이 가깝게 느껴졌다.

검사시보라고는 믿기지 않을 정도로 침착한 모습과 사건을 수사하는 모습이 백전노장 같은 느낌이 들게 했다.

수면 밑으로 깊숙이 숨어버린 범인을 끌어 올리려면 떡밥, 그 이상의 것이 필요했다.

"기자회견이라."

물증 없이, 심증으로만 움직이는 행동이었기에 결과가 어떤 값이 나올지는 미지수였다.

'겁을 먹었나, 내가.'

서부지검에 있을 때만 하더라도, 동료와 상관의 비리를 파헤치며 정의를 구현하기 위해 힘썼었다.

하지만 현실의 벽 앞에 무너지고 쓰러졌기에 어느 순간부터 겁을 내고 있었다. 장기말로 움직이며 안주해야 할지, 다시 정의를 세워야 할지 고민이 될 수밖에 없었다.

"뭘 그렇게 고민하십니까."

"그래."

강 검사는 검사시보의 청량한 목소리에 정신을 차릴 수가 있었다. 그가 소주잔을 소리 나게 내려놓았다.

"이미 주사위는 던져졌다."

강 검사와 대남의 술자리가 있고 일주일 뒤, 부장검사실에서는 때아닌 호통 소리가 터져 나오고 있었다.

"너 지금 뭐라고 했어!"

동부지검 형사 제3부 김필재 부장검사의 얼굴이 붉으락푸르락해졌다.

부장검사가 테이블 위에 올려진 유리 재떨이를 손아귀에 잡아 들었다 놓았다를 반복하며 강 검사를 노려보고 있다.

다소 폭력적인 긴장감이 흐르는 와중, 강 검사가 말문을 열었다.

"마양동에서 일어난 2건의 살인 사건이 연쇄살인 사건이라고 보고드렸습니다."

"그게 도대체 무슨 소리야! 분명 별개의 살인 사건이라고 한 달 전에만 해도 네 입으로 말하지 않았었나. 지금 나 엿 먹이려고 작정을 하는 겐가. 서부지검에서 밀려난 망나니를 받아 줬는데 감사하다고 절을 올려도 모자랄 판국에 말이야!"

부장검사의 윽박에도 강 검사는 물러나지 않았다. 오히려 결재 서류를 직접 테이블 위에 올리며 말을 이었다.

"오늘 오후에 있을 기자회견입니다."

"기자회견이라니? 그건 또 무슨 소리야."

"기존의 마양동 살인 사건이 연쇄살인 사건으로 수사 방향을 전환됐다는 것을 공표하기 위해서입니다."

"이 새끼가!"

부장검사는 언성을 높임과 동시에 혀를 찼다. 강현욱 부부장검사는 서부지검에 있을 적부터 말이 많았던 검사이다.

사건을 수사하는 데 있어 공명정대하며 부정에 관해 한 치의 망설임도 없었던 모습이 좋게도 보였지만, 그 철퇴가 내부를 향했을 때는 말이 달랐다.

"강 검사, 네가 도대체 무슨 생각으로 그렇게 하는 건지 모르겠는데 말이야. 아직까지 연쇄살인 사건이라는 명확한 증거도 나오지 않은 상태에서 네 생각만으로 연쇄살인 사건이라고 공표를 해버린다면 지금 동부지검이 어떻게 되겠나?"

"뒤집히겠지요."

"……!"

강 검사의 말에 부장검사가 뒷목을 움켜잡았다. 꼴통인 줄은 알고 있었으나 이 정도일 줄은 몰랐던 것이다.

부장검사가 곧장 결재 서류를 들어 읽어보았다. 기자회견이 예정된 시각까지는 종잡아 한 시간가량 남아 있었다.

이렇게 짤막한 시간을 남기고 통보하다시피 자신을 찾아오다니 기가 찰 노릇이다.

"강현욱, 기자회견 마무리되기 전까지는 이 방에서 못 나간다."

"부장님!"

"네가 저지른 일이니까, 불참을 해서 문제가 불거지면 알아서 처리해. 뭣하면 옷이라도 벗던가. 난 솔직히 네놈이 싫지는 않아. 그런데 그렇게 어설프게 정의를 부르짖으면 결국 죽게 되는 건 너라는 걸 명심해."

기자회견에서 발표를 책임질 검사가 자리에 없는데 기자회견이 잘 돌아갈 리 만무했다.

일단 급한 불부터 끄는 게 먼저였기에 강 검사를 자리에 앉힌 부장이 담배를 입에 물었다.

복잡미묘한 심경이 부장검사 방 안에 기류가 되어 흐르고 있었다.

"오늘 마양동 살인 사건에 대해 중대 발표하는 건 맞긴 맞아?"

"연락을 받기는 했는데, 검사가 안 나타나니……."

"형사 3부 부부장이 맡았다며, 그 인간 깡통이라는 소문이

요란하던데."

동부지검 기자회견장에 모인 기자들이 저마다 수군거렸다. 마양동 살인 사건에 대한 중대 발표 시간에 다다랐지만 검찰 측 관계자들은 머리카락 하나 보이지 않았다.

금일 아침 갑작스럽게 검찰에서 언론사로 공문이 내려온 것도 이상했는데, 이렇게 일방적으로 바람을 맞으니 기분이 좋을 리 없었다.

그 순간, 기자회견장의 문이 열렸다.

기자들이 수첩을 다시 손에 쥐었고, 정장을 차려입은 남성이 실무관과 계장의 서포트를 받으며 걸음을 옮겼다. 단상 위에 남성이 올라서자 몇몇 기자들이 의아한 눈동자로 혼잣말을 내뱉었다.

"어, 저 사람."

그들의 의문이 풀리기도 전에, 단상 위 마이크 앞에 선 남자가 기자들을 바라보며 말했다.

"마양동 살인 사건에 대해 강현욱 부부장검사를 대신해 브리핑을 맡게 된 대변인 검사 시보 김대남입니다."

대남의 말에 기자들이 놀라 자리에서 벌떡 일어났다. 손아귀에 수첩을 움켜쥔 채로 저마다 시선을 교환하며 상황이 어떻게 돌아가는지 파악하는 듯했다.

대부분 대남을 알아보는 눈치였지만 입 밖으로 내뱉는 이는 없었다.

대남은 자신에게로 쏠린 이목에도 개의치 않은 표정으로 계속해서 말을 이어 나갔다.

"1993년 10월경 마양동 인근 야산에서 발견된 1차 피해자 살인 사건과 올해 1월경 마양동 내에서 뺑소니 교통사고로 위장된 채 발견된 2차 피해자 살인 사건에 대한 현재까지의 검찰 수사 진척 상황을 발표하겠습니다."

수첩을 손에 쥔 기자들은 눈을 빛냈다. 김대남이 사법연수원 시보 생활을 한다는 것을 알고는 있었지만 검찰청 브리핑에 직접 모습을 나타낼 줄은 상상도 못 했기 때문이다.

더군다나 검찰청 역사상 검사 시보가 살인 사건에 대한 대변인으로 나선 적은 없었다.

실제 사건을 맡은 수사 담당 강현욱 부부장 검사의 생각이 어떠한지는 모르겠으나, 단연코 이 사실 하나만으로도 특종감이었다.

"위 사건들의 담당 수사를 맡은 동부지검 형사3부 강현욱 부부장검사 측에서는 본 수사의 방향을 각개의 살인 사건으로 참작하여 정밀 수사를 실시했으나, 피해자들 간의 인과관계와 살해의 유사성과 동기를 파악하던 와중 미심쩍은 부분을 발견했습니다"

"미심쩍은 부분에 대해 확실히 말해주실 수 있습니까?"

"그 부분에 관해선 검찰 수사가 종결된 것이 아닌, 진행 중에 있기에 대외적으로 공표를 드리지 못합니다."

기자들은 돌아가는 분위기가 심상찮다는 것을 직감적으로 느꼈다.

누군가가 손을 들어 질문을 시도했고, 대남이 흔쾌히 고개를 끄덕여 보였다.

"지금까지 2건의 살인 사건에 대해 목격자들이 있는 것으로 알고 있는데, 용의자 추적에 관해서는 어떻게 되었습니까?"

"앞서 목격자들이 진술했던 용의자들을 추적하고 있으며, 국내 거주민뿐만 아니라 재외 국민에 까지 범위를 넓혀 수사를 진행하고 있습니다."

"……!"

재외 국민이라는 말에 기자들의 손놀림이 바빠졌다. 검찰에서 공식적으로 재외 국민을 용의자 선상에 올리겠다고 공표했으니 반향이 어떠할지 몰랐다.

이례적으로 브리핑 도중 질문을 받는 대남의 모습에 기자들은 너 나 할 것 없이 손을 들어 보였다.

대남은 마치 그 광경을 예상하기라도 했다는 듯, 자신에게로 쏟아지는 질문 세례를 거침없이 받아냈다.

"지금 서울 시민들 사이에선 동부지검을 향한 비난의 잣대가 날이 갈수록 더해지고 있는 상황입니다. 마양동은 동부지검의 관할구역 중에서도 제일 일선에 자리하고 있는데 첫 번째 피해자가 발견되고 수개월이 흐른 지금까지 범인의 윤곽 하나 제대로 잡지 못했다는 게 말이 된다고 생각하십니까?"

"말이 안 되죠."

"……네?"

검사 시보의 갑작스러운 말에 모두가 황당한 표정이 되었다. 기자의 질문에 반박할 줄 알았으나 도리어 수긍했다.

계장과 실무원은 더 이상 눈을 뜨고 보지 못하겠다는 듯 초조한 표정이었다.

"경찰의 초동수사와 검찰의 수사는 처음부터 잘못되었습니다."

"그, 그게 무슨 말입니까……!"

"말 그대로입니다. 검경의 수사는 실패했습니다."

기자회견장 안이 웅성거리는 소리로 가득 들어찼다. 검찰의 발언이라고는 믿기지 않을 만한 내용이 터져 나왔기 때문이다.

공신력이 없는 검사 시보의 말이었지만 그 주체가 동부지검 형사3부의 대변인이자, 전 국민이 알아주는 황금양의 김대남 대표라면 말이 달라진다.

"허……!"

기자 중 누군가가 작게 읊조렸다. 갑작스럽게 진행된 발표였기에, 실시간으로 송출할 방송국 카메라까지는 준비하지 못한

보도국 기자들이 탄식을 터뜨렸다.

김대남의 출현만으로도 장안의 화제를 몰고 올 것인데, 그 뒤에 이어지는 내용은 특종의 연속이었다.

하지만 거기서 끝이 아니었다. 기자들이 가쁜 숨을 돌리기도 전에 대남이 다시 말을 이었다.

"마지막으로 검찰은 앞서 저질렀던 잘못된 수사의 방향을 바로잡고자 금일 브리핑을 준비했습니다. 동부지검 형사3부에서는 앞으로 마양동에서 벌어진 2건의 살인 사건에 대해 원초적인 재조사를 실시할 것이며 용의자 선정에 있어 광범위하고, 깊숙이 들어갈 것을 천명하는 바입니다."

"용의자 선정을 다시 한다는 말씀이십니까?"

"노코멘트 하겠습니다. 다시 한번 정리하겠습니다. 마양동에서 벌어진 2건의 살인 사건은 당초 별개의 살인 사건으로 판단하여 수사를 진행했으나……"

대남은 날 선 눈동자로 자신을 바라보고 있는 기자들을 향해 쐐기를 박듯 말했다.

"앞으로 수사 방향을 연쇄살인 사건으로 전환한다는 것을 알려드리는 바입니다."

대남의 말이 끝나자마자 기자들이 놀란 눈동자로 연거푸 손을 들어 보였다. 기자들이 저마다 질문을 큰 소리로 해가며 아수라장을 방불케 했다.

그만큼 대남의 발언은 충격적이었고 대부분이 예상치 못했다는 눈치였다.

하지만 대남은 마지막 질문을 받지 않은 채 유유히 기자회견장 밖으로 걸음을 옮겨 나갔다.

태풍의 눈이 되어버린 대남의 뒷모습을 따라 기자들이 혼잣말을 되뇌었다.

"특종이다……!"

동부지검 형사 제3부 부장검사실.

"그게 무슨 소리야!"

부장 비서가 진땀을 흘리며 보고를 하고 있다. 강 검사는 자리에 앉은 채 그 광경을 지켜만 보고 있었다.

비서의 말이 이어질수록 김 부장의 얼굴이 활화산처럼 붉게 달아올랐고 기차 화통을 삶아 먹은 듯한 고성이 터져 나왔다.

"강현욱!"

"네, 부장님."

"지금 네가 무슨 짓을 했는지 파악은 하고 있는 거냐, 이제 막 동부지검으로 배정된 검사 시보에게 각종 언론사를 집합시킨 기자회견장의 대변인으로 내세워? 네가 그러고도 지도검사라고 생각해!"

강 검사는 말없이 고개를 숙였다.

애초부터 이렇게 일이 진행될 줄 알았다. 부장에게 통보하다시피 결재 서류를 올렸기에 기자회견이 끝나기까지 잡혀 있을 것을 예상했었다. 부장의 호통이 계속되자, 강 검사가 고개를 들었다.

"부장님, 법복을 입으며 검사의 직함을 달았을 때 저는 정의를 위해 싸우겠노라고 제 자신과 다짐했습니다. 하지만 현실은 어떻습니까, 연쇄살인 사건이라고 판정되는 사건에 대해 대외적인 시선과 검찰의 입지를 지키느라 사건을 축소 발표 하는 게 옳다고 보십니까."

강 검사의 말에 부장이 잠시 멈칫했으나, 이내 고개를 저어 보였다.

"옳지 않지. 하지만!"

"……."

"정의를 부르짖기 전에 네 자신부터 돌아봤어야지, 서부지검에서 내부 고발을 진행하다 상부에 막히고 동료에게 배신을 당해 버려지다시피 동부지검으로 밀려난 주제에 지금까지 동부지검에서 별개의 살인 사건으로 수사를 진행했던 2건의 살인 사건을 이제 와서 연쇄로 바꾼다고? 그것도 전 국민을 향해 공표를 해가면서까지 말이야!"

부장은 강 검사를 향해 선전포고를 하듯 소리쳤다.

"확실한 물증이 없는 상태에서 움직이는 네 녀석이 일컫는 게 정의라면, 만약 너의 잘못된 판단으로 인해 피해를 받게 될 대중들과 동료들에 대해서 무책임한 발언이 아닌가!"

부장의 말에 강 검사는 입을 다물 수밖에 없었다. 대남과 나눴던 범인에 대한 이야기를 부장 앞에서는 털어놓을 수 없었기 때문이다.

용의 선상에 검경 고위 공직자가 연루되었다는 발언은 그야말로 내부고발을 하겠다는 선포와 다름없었으니, 그런 강 검사의 생각을 아는지 모르는지 부장이 고개를 절레절레 저어 보이며 말했다.

"넌 내려가고, 오늘 브리핑 발표했다는 검사 시보 올라오라고 해."

"부장님!"

"검사실에 박혀서 내 명령 떨어지기 전까지는 허튼수작 부리지 마, 그리고 처음부터 이렇게 될 줄 알고 있었잖아. 얼른 내 눈앞에서 사라져."

부장은 단호한 말을 남기고 몸을 뒤로 돌렸다. 더 이상 대화의 여지를 주지 않는 부장의 뒷모습에 강 검사는 허망하게 발걸음을 돌릴 수밖에 없었다.

부장은 창가 밖으로 보이는 기자들의 행렬에 한숨을 내쉬었다.

"나하고는 구면이지. 형사3부로 배정되면서 악수를 나눴으니 말이야. 김대남."

"그렇습니다."

대남은 검찰 브리핑을 끝내자마자 곧장 부장검사실로 호출을 받았다.

예정되어 있던 수순이었기에 거리낌 없이 부장검사실로 걸음을 옮겼지만 중간중간 대남과 마주친 동료 시보들은 말도 섞지 않은 채 시선을 회피하기 바빴다.

"이미 동부지검 안에 소문이 파다하게 났더군. 새파랗게 어린 검사 시보가 지검을 물 먹였다고 말이야. 아무리 지도검사가 시킨 일이라고 해도 머리가 달려 있다면 해서는 안 될 짓이라는 건 깨달았을 텐데."

"해서는 안 될 짓입니까?"

"……!"

마치 자신과 힘겨루기를 하는듯한 대남의 발언에 부장의 눈동자가 커졌다.

"사법 고시 수석, 사법연수원 수석, 검사 시보 생활까지 아주 잘 끝낸다면 자네가 원하는 곳은 어디든지 갈 수 있을걸세. 뭐, 대외적으로 인정받는 사업가였으니 굳이 판검사를 선택하지 않는다고 하더라도 타격가는 일은 없을 테지. 촉망된 사람이 왜 그랬나? 그것도 기자들 앞에서 말이야."

"해야 할 일을 했을 뿐입니다. 검찰의 수사는 실패했습니다. 부장검사님께서도 느끼셨을 텐데요. 마양동에서 벌어진 2건의 살인사건이 갖는 괴리감에 대해서 말입니다. 만약 느끼지 못하셨다면 검찰 생활을 허투루 하신 것일지도 모르겠습니다."

"허."

기가 찰 노릇이다. 검사 시보의 시건방짐에 놀라야 하는 것일까, 아니면 김대남이라는 젊은 청년의 맹랑함에 놀라야 하는 것일까, 강현욱이야 서부지검에서부터 소문이 난 꼴통이라 짐작은 했지만 대남의 경우에는 예외였다.

"당장 오늘 오후부터 석간신문을 도배하고, 저녁 뉴스의 헤드라인을 장식할 동부지검에 관한 파문 등은 예상하지 않았나. 검찰이 자기 입으로 자신의 실수를 인정하는 것은 그야말로 전무후무했던 일이야. 수사권과 기소권을 가진 검찰은 항상 정의로워야 하며 국민들의 편에 있어야 하는데 이런 검찰이 실수를 했다라, 그 파장을 감당할 수 있겠나."

"거짓말을 잘하십니다. 거짓말쟁이였던 검찰이 언제부터 정의를 외쳤습니까. 수사권과 기소권을 동시에 가지고 있기에 재벌과 권력에 발맞추고 입 맞출 수 있는 것 아니겠습니까. 현재 검찰은 정의를 지키는 최후의 보루가 아닙니다. 권력가들의 방패막이일 뿐이지요."

한 치도 물러서지 않는 대남의 모습에 부장은 진절머리가 날 지경이었다.

어느새 검사 시보라는 직함마저도 잊게 만들 정도로 대남은 거침이 없었다.

부장검사 앞에 왔는데도 오히려 그 기세가 꺾이지 않고 더욱 타오르는 것이, 브레이크 없는 열차 같달까.

"어차피 주사위는 이미 던져졌습니다. 대변인으로서 제가 앞장서 중대 발표를 진행했고 검찰에서 언론을 통제한다고 한들, 모든 구멍을 막을 수 있을까요."

"똑똑한 사람이니 앞으로 자네가 받을 제지에 대해 예상은 했겠지, 오늘 이 자리에 불려 나온 것부터가 자네의 법조계 생활에 오점을 남기는 것이라는 걸 명심해."

"예상했습니다, 그리고 부장님을 만나길 고대했습니다."

뜻밖의 대답에 부장이 고개를 돌려 대남을 바라봤다. 대남은 여유로운 태도를 고수하며 뒤이어 말했다.

"처음부터 강현욱 부부장검사에게 업무를 집중시키고, 종국에는 마양동 내에서 벌어진 2건의 살인 사건까지 위임시킨

분이 바로 부장검사님이지 않습니까."

"……그게 무슨 말인가."

"사건에 혼선을 주고, 강 검사의 두 눈을 가리게 만들었으며, 연쇄가 아닌 별개의 살인 사건으로 계속해서 이끌어 나가려는 자."

대남은 짐짓 뜸을 들이다 부장을 직시하며 말했다.

"당신은 공범입니까, 아니면 장기말입니까."

대남의 말에 부장검사가 벌떡 자리를 박차고 일어났다.

대남을 내려다보는 부장의 미간은 잔뜩 찌푸려졌고 눈가는 거세게 주름 잡혀 있었다.

일촉즉발의 상황 속에서도 대남은 아무렇지 않게 소파에 몸을 기대며 말을 이었다.

"제가 잘못 물은 것입니까?"

부장은 바지 주머니 속에 넣어두었던 손을 꺼내 주먹을 말아 쥐었다 피기를 반복했다.

그의 얼굴엔 긴장한 기색이 보이지 않았지만 손바닥에선 진땀이 맺히고 있었다.

대남이 그 광경을 유심히 바라보던 순간, 부장의 닫혀 있던 말문이 열렸다.

"법의 철옹성이라 불리는 검찰, 동부지검은 자네가 무슨 짓을 해도 무너지지 않아. 사회에서 혁혁한 입지를 다지고 기업가로서 면모를 떨쳤을지는 몰라도 조직이라는 이름 아래 귀속된 검찰 안에선 자넨 아무것도 아닐세. 한데, 아직 법조계로 발도 내딛지 못한 검사 시보 따위가 감히 나한테 그런 망발을 해!"

'공범일까, 장기말일까.'

대남은 노발대발하며 화기를 감추지 못하는 부장을 바라보며 고민을 거듭했다.

과연 부장이 어느 선까지 알고 있는 것일까, 하지만 만약 범행에 직접 가담을 한 공범이었다면 저러한 반응이 나오지 않았을 것이다.

"부장님, 저는 검찰의 위신을 망가뜨리려는 것이 아닙니다. 오히려 그 반대의 입장이지요."

"뭐라고?"

"부장님께서도 느끼시지 않으셨습니까. 마양동에서 벌어진 2건의 살인 사건이 풍기는 괴리감과 이로 인해 반사이익을 얻을 수 있는 유일한 사람을 말입니다. 아마 저보다도 일찍 눈치채셨을 텐데 왜 입을 닫으셨습니까."

부장은 승진을 목전에 두고 있었다. 괜히 동부지검 내에서 분란을 일으켜 긁어 부스럼을 만들 필요가 없다고 생각했을 것이다.

확실한 물증이 없는 상태에서 고위 공직자를 대상으로 무분별한 수사를 진행할 시, 자신의 처지가 강현욱과 달라지지 않으리라는 보장이 없었다.

그제야 대남은 여태껏 부장이 어떤 마음가짐으로 움직였는지 깨달을 수 있었다.

"뭐가 그렇게 두려우셨습니까? 혹시나 사건을 파헤치다 부장님의 승진이 고꾸라질까 봐 그래서였습니까? 아니면 검찰 생활을 하다 보니 직업여성 한두 명 죽는 거야 예삿일로 치부하는 그런 냉혈한이 되어버리신 겁니까."

"김대남!"

"부장님, 검찰이 정의와 도덕심에 기반하지 않는다면 파렴치한 범죄집단과 다를 바가 무엇이 있겠습니까, 강현욱 검사는 자신의 검사 인생을 내걸었습니다. 부하 직원이 이토록 앞장서 깃발을 들었는데 형사3부의 장은 도대체 무엇을 하고 있는 것입니까!"

부장은 고개를 돌렸다. 자신에게로 쏟아지는 비난의 화살을 피하려는 것인지, 모르쇠로 일관하려는 것인지는 모르겠으나 분명한 건 대남의 목소리에 반응을 했다는 것이다.

부장의 입장이 이해가 되지 않는 것은 아니었다. 만약 이제 와서 검찰 생활에 오점을 남기게 된다면 여태까지 이뤄왔던 모든 것들이 허사가 된다. 대남은 그런 부장을 향해 충언을 전하며 자리에서 일어났다.

"스스로가 장기말이 되지 마십쇼, 부장님."

대남이 부장검사실에서 돌아오자 계장과 실무관이 궁금한 눈초리로 바라봤다.

검사 시보의 생활이라고 하기는 너무 파란만장한 사건의 연속이었다.

기자회견장에서 검찰 브리핑을 끝마치고 곧바로 부장검사실로 호출을 받았으니 얼마나 긴장되고 초췌한 안색일까, 하지만 그들의 예상은 보기 좋게 빗나갔다.

"검사님 방 안에 계십니까."

"아, 네. 방금 막 들어가셨어요."

대남은 입가에 미소를 지은 채 실무관의 대답을 듣고는 곧장 검사 방으로 걸음을 옮겼다.

애먼 노크 소리가 채 끝나기도 전에 검사 방의 문이 열렸고 대남이 들어갔다. 그 뒤꽁무니를 바라보던 계장과 실무관은 도대체 이해가 안 된다는 표정으로 시선을 교환했다.

"원래 검사 시보들이 다 저렇게 대담했나요……?"

"……아, 아니었는데, 분명."

실무관의 물음에 계장이 고개를 갸웃거리며 대답했다.

과거 마주했던 검사 시보들과는 확연히 차이가 나는 대남의 모습에 그들마저도 헷갈릴 지경이었다.

대남이 검사 방 안으로 들어서자 기다리고 있었던 강 검사가 고개를 들어 바라봤다.

"고생했다."

강 검사의 말에는 많은 뜻이 함축되어 있었다.

솔직히 검사 시보에게 이렇게 많은 짐을 떠맡긴 자신이 초라하고 볼품없었다. 하지만 자칫했으면 코앞에서 연쇄살인 사건을 놓칠 뻔했지 않은가, 눈앞의 대남에게 고개 숙여 고마움을 표시해도 모자랐다.

"네가 오늘 기자회견의 대변인으로 나선 덕분에 그 파장은 더욱 커질 거다. 아마도 한동안은 동부지검으로 마양동 살인 사건에 대한 문의가 끊이지 않겠지. 이번 일로 네 사법연수원 생활에 피해가 간다면 정말로 미안하게 됐다."

"괜찮습니다. 애초에 제가 자처한 일 아닙니까."

"……그래, 부장님은 뭐라고 하시던가."

강 검사는 궁금한 점이 많은 듯했다. 부장검사와 단독으로 대화를 나눈 검사 시보는 그리 흔하지 않았다.

면담이 아닌, 검찰 사건에 관한 것이니 그 중압감은 시보가 견디기 어려울 것이다. 과장되게 표현하자면 독대라는 말이 턱 어울릴 정도였다.

하나, 대남의 얼굴에선 긴장한 기색을 찾아볼 수 없었다.

"물어봤습니다. 공범인지, 장기말인지를."

"……!"

"전 부장조차도 용의자 물망에 올려놓고 있었습니다. 아주 미약한 확률이었지만 말입니다."

"그렇다면 그렇게 단도직입적으로 물어보면 안 되지 않나."

"공범보다는 장기말이라는 의심이 강했습니다. 애초에 부장은 이번 제14대 국회의원 총선과는 연관이 없는 인물이니까요. 그리고 대어를 낚으려면 몰이사냥을 해야 하지 않겠습니까."

몰이사냥이라, 대남의 발언이 이해가 되지 않는 듯 강 검사가 고개를 주억거렸다.

마양동에서 벌어진 2건의 살인 사건은 인과관계가 거미줄처럼 얽혀 있는 사건이었다. 대남은 그런 거미줄을 하나하나 풀어헤치듯 말했다.

"제14대 국회의원 총선과 연관이 있고, 동부지검 부장검사가 두려워할 인물, 검경에 적을 두었던 고위 공직자. 알려진 정보들만 조합해 본다면 용의자를 선정하는 것에는 어려움이 없습니다. 다만 심증만이 있을 뿐 확정적인 물증이 없다는 것이 문제겠지요."

"확정적인 물증이라."

"이제는 부장이 움직일 차례입니다. 저희가 공표한 연쇄살인 사건에 대한 검찰 발표를 철회하지 않고 동부지검 형사3부에서 수사를 진행하겠다 관철한다면 범인 입장에서는 발이 저릴 겁니다. 애초에 별개의 살인 사건으로 꾸민 2건의 사건에 대해 연쇄로 전환되었다는 점 하나만으로도 초조할 테고요. 그렇게 된다면."

대남은 현재 범인이 느끼고 있을 감정을 생각해 보았다. 국회의원 총선이 얼마 남지 않은 시점에 마무리되었다고 생각한 살인 사건에 대해 원초적인 재조사가 이루어졌고, 연쇄살인 사건이라는 결론이 내려졌다.

전국적으로 퍼진 파장과 각종 언론에서 대서특필되는 기사들을 보고 있자면 초조하고, 심리적으로 불안한 상태가 될 것이다. 결국 범인은.

"실수를 할 겁니다."

"실수……?"

"한 번이겠지만, 그 기회를 놓치지 않아야 합니다."

확정적인 물증이 없는 상태에서 범인의 실수를 유도하기 위해 기자회견을 열고, 부장검사와 독대를 한 검사 시보의 강단에 강 검사는 기함을 터뜨렸다.

정의는 멀리 있는 것이 아니었다. 아주 가까이에 있었다.

기자회견이 끝나고 보름이 흘렀다.

연쇄살인 사건을 공표한 것도 모자란데, 그 주체가 김대남이라는 세간의 주목을 받는 청년이었으니 그 파급력은 전국을 강타했다.

그간 동부지검 형사3부 302호실로는 수많은 문의가 빗발쳤었다.

"부장 측에서도 따로 말이 나오지 않는 것을 보니, 이번 연쇄살인 사건으로 수사 방향을 전환한 것에 대해서는 암묵적으로 묵과를 해주겠다는 것으로 보여. 과연 부장님도 생각을 달리하게 된 것일까."

강 검사의 물음에 대남은 검지를 들어 천장을 가리켰다. 그 모습에 강 검사가 의아한 표정으로 되물었다.

"무슨 뜻이지."

"부장보다 더 높은 곳에서 지시가 내려왔을 겁니다."

"더 높은 곳이라."

"이미 대대적인 기자회견을 한 마당에 번복하는 발표를 할 수는 없었을 것입니다. 동부지검의 텃밭에서 벌어진 살인 사건에 대해서 이토록 화제가 되었는데 굳이 나서서 별개의 살인 사건으로 다시 전환하라, 총대를 멜 사람은 없겠죠."

대남의 말처럼 공적인 자리에서 중대 발표가 이뤄졌기에 제

아무리 검찰 상부라고 할지라도 쉽사리 넘어갈 수 없는 일이 되었다.

남은 것은 범인이 언제, 어디서, 어떻게 실수를 하냐는 것인데 고민이 깊어지는 가운데, 강 검사가 입을 열었다.

"부장님이 잠깐 보자더군, 긴히 할 말이 있다고 말이야. 자네도 함께."

"저도 함께 말입니까?"

"요 며칠 동안 생각이 많아지신 듯해, 자네와 대화를 나누고 나서부터는 정기회의에서도 골똘히 고민을 하는 모습이 역력했어. 어느 날 갑자기 나에게 묻더군, 정의가 무엇이라고 생각하느냐고 말이야."

"뭐라고 하셨습니까."

"정의의 칼날이 향할 수 있는 곳은 안과 밖을 가리지 않아야 한다고 했지. 그리고 내가 물었지, 부장님의 정의는 무엇이냐고."

대남은 강 검사의 말에 짧게 고개를 끄덕여 보였다. 또한 한편으론 궁금하기도 했다. 일전에 보았던 부장의 성격은 예민했고, 주위의 환경 변화에 긴밀하게 반응했다.

어떻게 보면 조직 생활에 알맞은 성격이기도 했지만 검사가 가져야 할 가치관과 맞는지 확신이 서지 않았다.

"부장님은 가족을 위해 살아가는 것이 자신의 정의라고 말

씁쓸해지지. 해외에 이민을 간 가족 탓에 기러기 아빠가 되었지만 후회하지 않는 듯했어. 오히려 자신의 실수로 인해 가족이 피해를 받을까 두려워하시고 계시더군."

"가족을 위한 정의라."

"한데, 불현듯 이렇게 말하시더군. 이제는 검사로서 살아보겠다고 말이야."

부장의 확고한 결정이 향후 어떤 반향을 몰고 올지는 미지수였다.

하지만 검사로서의 삶을 살아보겠다 다짐한 그의 말은 강 검사 입장에서 천군만마의 지원군을 얻은 느낌일 것이다. 초췌하다시피 퀭해진 그의 얼굴에서 보기 드문 미소가 피어올랐다.

대남과 강 검사는 검찰에서 나와 부장검사 댁으로 향했다. 검찰청 내에서는 보고 듣는 보이지 않는 귀와 눈이 도처에 자리하고 있었다.

차라리 사적인 장소에서 만나는 것이 수사의 진행에 있어 더 수월할 터였다.

"여깁니까?"

땅거미가 저버린 저녁이었지만 부장검사 댁은 환하게 빛이 새어 나오고 있었다. 초인종을 누르고 기다리려는 찰나, 문이 스르르 열렸다. 일찍이 대문에 잠금장치를 하지 않고 열어둔 듯했다.

"계십니까, 부장님."

강 검사의 뒤를 따라 대남이 함께 대문 안으로 들어섰다. 나무 골조로 된 집안은 곳곳에 가족사진이 붙어 있었다.

기러기 아빠였던 부장이 얼마나 가족들을 사랑했는지 알아볼 수 있는 대목이었다. 그렇게 걸음을 옮겨 거실로 들어가던 그 순간, 강 검사가 고성을 질렀다.

"부장님!"

"……!"

강 검사가 허둥지둥 달려나갔고, 대남의 눈동자가 커졌다. 그들의 시선이 닿는 곳에는 거실 정중앙에 처참하게 쓰러져 있는 김필재 부장검사의 모습이 보였다.

나무 바닥에는 피가 홍건히 스며들어 있었고, 곧장 대남이 달려가 강 검사를 잡아끌었다.

"현장을 보존해야 합니다."

"그, 그래도."

강 검사가 떨리는 손가락으로 부장을 가리켰다. 대남은 그 모습에 고개를 저어 보였다.

차디찬 나무 바닥에 누워 있는 부장의 동공은 이미 누군가

먹물을 떨어뜨린 것처럼 새까맣게 퍼져 나간 뒤였다.

과연 이 모든 일이 우연히 겹쳐 일어난 오비이락일까, 그 순간 차디찬 나무 바닥에 누워 있던 김필재 부장의 손가락이 미세하게나마 움직였다. 대남이 그 모습을 보고는 급히 미끄러지듯 달려갔다.

"맥박과 호흡이 약하지만 아직 살아 있습니다."

기적이었다. 신체는 이미 사망 선고를 받은 것과 다름없을 정도로 칼로 난자되어 있었고 동공은 풀려 있었지만 분명 살아 있었다.

피부는 이미 창백하게 식어가고 있었고 과다 출혈로 인한 쇼크였다. 당장 죽어도 이상할 게 없었지만 강인한 정신력으로 버티고 있다고밖에 설명할 길이 없었다.

"부장님!"

강 검사가 부장이 정신을 놓지 않게 애원하듯 소리쳤다.

얼마 지나지 않아 구급대와 경찰 감식반이 동시에 도착했다. 구급차에 실려 나가는 부장의 모습에 강 검사가 따라나서려 했지만 경찰에 제지를 당할 수밖에 없었다.

"일단 서로 가시죠."

대남과 강 검사는 경찰의 안내를 받아, 광진 경찰서로 걸음을 옮겼다. 검찰 관계자의 피습이었고, 최초로 목격을 한 이들도 검찰이었기에 경찰들의 태도는 극진히 조심스러웠다.

정확한 사유는 조사를 해봐야 알겠지만 부장의 출혈 응고 상태에 따라, 대남과 강 검사가 이미 동부지검에 있을 무렵 피습당한 것으로 봐야 옳았다. 혐의없음으로 풀려나는 것에는 그리 오랜 시간이 걸리지 않았다.

"도대체가 어떻게 된 일이야!"

다음 날, 동부지검 형사부의 차장검사가 강 검사와 대남을 불러들였다.

동부지검은 그야말로 비상시국을 방불케 했으며, 부장검사의 피습은 그야말로 희대의 비보와 맞먹는 충격을 주고 있었다.

언론의 통제를 통해 변고가 밖으로 유출되지는 않았지만 곧 퍼지는 것은 시간문제였다.

"검찰의 위신은 땅에 떨어졌고, 형사 3부를 담당하던 김필 재가 돌연 자택에서 피습당했다. 그날 자네들이 왜 김 부장 자택을 찾아간 것인지 하나도 빠짐없이 털어놔!"

차장검사의 얼굴은 야차처럼 붉으락푸르락해져 있었다.

검찰 관계자가 위해를 받아도 문제가 되거늘, 동부지검의 부장검사가 자택에서 피습당했다는 것은 검찰을 향해 정면도 전장을 내민 것이나 다름없었다.

포악한 긴장감이 흐르는 검사실에서 강 검사는 굳게 닫았 던 입을 열었다.

"마양동에서 벌어진 2건의 살인 사건에 대한 진상을 듣기 위해서였습니다."

"진상?"

"그날 김필재 부장이 저에게 이번 마양동 살인사건에 대해 긴밀히 나눌 이야기가 있다고 했습니다."

차장의 눈꼬리가 의문스럽게 치켜 올라갔다. 형사3부에서 맡은 마양동 살인 사건은 지금 대외적으로 언론의 집중 세례를 받고 있는 살인 사건이었다.

평범한 2건의 살인 사건에서 연쇄살인 사건으로 전환된 만큼 검찰 상부에서도 지켜보는 눈이 많았다.

한데, 김필재가 그 사건에 대한 진상을 알고 있었다니. 말의 앞뒤가 맞지 않았다. 그 순간, 의문을 해소시켜 주려는 듯 대남이 말했다.

"김필재 부장은 용의자를 알고 있었을 겁니다."

"……!"

뜻밖의 말에 차장이 놀라 눈을 커다랗게 떴다. 대남은 그 모습에도 개의치 않은 표정으로 계속해서 말을 이었다.

"김필재 부장은 용의자를 알고 있었고, 그날 저희에게 용의자에 대한 단서를 주기 위해서 불렀습니다."

"그렇게 확신할 수 있는 이유는 무엇이지."

"김필재 부장의 피습, 그것이 제가 확신할 수 있는 근거입니다."

"허."

차장은 눈앞이 하얘지는 것을 느꼈다. 하루아침에 자신의 직속 부하였던 형사3부의 부장이 피습당했다.

그러나 눈앞의 검사 시보가 하는 말을 곧이곧대로 믿기는 힘들었다. 차장이 부정하려는 듯 애써 고개를 저어 보이며 말했다.

"검찰을 상대로 피습을 가할 수 있는 집단이 대한민국에 존재한다고 생각하는가, 애먼 평검사 한 명에게 위해를 가해도 지검 총력이 동원되는 사안인데 지금 부장검사가 피습을 당했다. 그것도 자신이 거주하던 자택에서, 이 말은 검찰을 향한 정면 도전이라는 이야기인데 그럴 위인이 있다고 보나, 오히려 집 안에 강도가 침입했다는 것이 더 신빙성 있는 이야기 아니겠나."

"아닙니다."

"뭐라……?"

"용의자에게는 김필재 부장이 검찰청 검사라는 사실보단 자신의 치부를 알고 있는 유일한 사람이라는 사실이 더 눈엣가시였을 겁니다. 또."

대남은 잠깐 말을 멈추었다. 그러고는 강 검사와 차장의 얼굴을 번갈아 바라보고는 나지막이 말했다.

"앞서 두 명의 사람을 죽였는데 남은 한 명이라고 못 죽이겠습니까."

"……!"

차장은 왼손으로 머리를 짚은 채 나머지 한 손으로 테이블을 잡았다.

동부지검 부장검사의 피습 소식은 조만간 언론을 타고 급속도로 퍼져 나갈 터였다.

한데 그 원인이 마양동 내에서 벌어졌던 연쇄살인 사건들의 연장선이라는 것이 밝혀진다면 그 파급력은 상상을 할 수 없는 지경일 것이다.

차장급은 물론이고 자칫하면 동부지검 검사장의 목마저도 간수하기 어려웠다.

"김필재 부장과 자네들 사이에서 일어났던 일을 아는 사람이 또 누가 있나."

"저희를 제외하고는 없습니다."

"상부에서 명령이 떨어지기 전까지는 묵인해."

"차장님!"

강 검사의 외침에도 차장은 꿈쩍할 기세도 보이지 않았다. 동부지검 전체가 흔들리고 있는 시점이었다.

항간에는 김필재 부장에게 원한을 가진 조직폭력배의 소행이라는 소문과 자살을 시도했다는 말까지 나오고 있는 지경이었다. 대남은 등을 돌린 차장을 향해 말했다.

"언제까지 현실을 외면하실 겁니까, 차장님. 김필재 부장은 여태껏 현실을 외면했을지언정 마지막에는 검사로서 삶을 살아보겠다 다짐했었습니다. 부하가 죽을 위기에 처했습니다. 그것도 무참히 피습당했습니다. 그런데 상관이라는 자가 입 다물고 묵인하라고 명령을 하는 것이 정상적인 처사입니까!"

"아직까지 확실히 밝혀진 건 없네. 검사 시보로서 자신의 자리를 지켜. 나대지 말고 말이야."

"맞습니다, 검사 시보는 검사가 아니지요. 그저 견습생일 뿐이고, 동부지검에는 연 하나 없는 사법연수생일 뿐입니다. 한데 동부지검과 무관한 저조차도 이렇게 화가 나고 분통이 터지는 걸 왜 동부지검의 이인자라는 차장님께서는 아무 말이 없으신 겁니까."

대남의 말에도 차장은 묵묵부답으로 일관했다. 그의 입장에서는 진범이 누구인지 갈피가 잡히지 않았기에 몸을 사릴 필요가 있었다.

섣부른 정의의 칼날은 역수가 되어 오히려 자신의 목을 찌를 뿐이다.

"차장님도 두려우신 게 아닙니까, 도대체 부장을 죽이려던 인물이 누구며 부장은 무엇 때문에 피습당한 것일까, 그리고 자신도 그렇게 되는 게 아닐까 싶어서 말입니다! 지금 가장 두려워해야 할 인물은 차장님이 아니라 범인입니다."

"……"

"만약 김필재 부장의 사건조차도 앞선 2건의 살인 사건과 같이 미적지근하게 수사가 이뤄진다면 범인이 어떻게 생각하겠습니까, 이 나라의 검찰은 허울 좋은 명함으로 대중들을 속이는 허수아비일 뿐이라고 생각하겠죠."

대남의 직언에 차장은 두 눈을 지그시 감았다. 검사 시보에게 이런 말을 들은 것은 검찰 생활을 시작하고 처음 있는 일이었다.

하나 눈앞에 있는 검사 시보의 입에서 뱉어져 나온 말은 하나도 틀린 말이 없었다.

또한 검찰 역사상 전무후무했던 부장검사의 피습 사건은 쉬이 넘어갈 일이 아니었다.

"범인을 잡을 수 있겠나."

차장은 감았던 눈을 뜨고는 대남과 강 검사를 직시했다.

"죽이든, 살리든 범인을 잡아서 검찰로 끌고 와라. 수단과 방법을 가리지 말고, 그게 지금 내 정의다."

계장과 실무관은 심상찮은 검사실의 분위기에 옴짝달싹할 수가 없었다. 부장검사의 변고 소식으로 인해 동부지검 전체에 폭풍전야의 적막감이 감돌았다. 강 검사가 비어 있는 검사 시보 자리를 바라보며 물었다.

"김대남 시보 지금 어디 갔습니까."

"……그, 그게 검사장님한테 호출을 받았습니다."

"검사장님이요?"

강 검사의 얼굴에 의문이 피어올랐다. 한시가 급한 시국이었다. 차장의 허락하에 광범위한 수사가 진행될 타이밍이었는데 갑작스러운 검사장의 호출은 예상외였다.

그리고 담당 검사인 자신이 아니라 검사 시보를 불렀다는 것 자체가 의아했다.

"왜 저한테 말씀 안 하셨습니까."

"검사장님께서 직접 전화로 알리셨습니다. 아무에게도 알리지 않고 김대남 시보에게만 은밀히 전달하라면서요. 김대남 시보도 괜히 강 검사님 걱정하실까 봐 알리지 말라 하셨어요. 지금 부장검사님 일 때문에 심경이 복잡하실 거라고요."

검사장의 속내를 알 수 없었다. 다만 대남조차도 말을 하지 않고 간 것을 보아, 자신이 모르는 연유가 있었을 터였다.

강 검사가 주먹을 움켜쥐었다 피기를 반복했다. 사건은 마치 미궁 속에 엉킨 실타래처럼 쉽사리 풀리지가 않았다.

"자네가 김대남인가."

"그렇습니다."

검사장의 얼굴에는 온화함이 가득했다. 대남을 바라보는 그의 시선에는 열망과 환희가 동시에 물들어 있었다.

부하 직원의 피습 소식을 들은 동부지검의 수장이라고 하기에는 턱 믿기지 않을 정도였다.

"일전 마양동 살인 사건에 대해서 강현욱 부부장에게 연쇄살인 사건이라는 수사 방향을 제시했다는 시보라고 하기에 한번쯤 대면하고 싶었네, 발령받기 전부터 꽤나 유명한 인물이어서 기대하던 차에 역시나더군."

"어떤 의미로 말씀이십니까."

"검사 시보로서 할 만큼 했다고 보는데 말이야, 하지만 역량 밖의 일을 하려고 하면 언제나 실수를 범하는 법이지. 김필재 부장만 보더라도 그러하잖나, 호흡기를 단 채 목숨을 연명하고 있지만 언제 죽어도 이상하지 않은 상태라고 하더군."

검사장의 표정에는 변화가 없었다. 마치 무의미한 사건 사고를 다루는 듯한 그의 모습에선 조직을 책임지는 상관으로서의 모습은 보이지 않았다. 대남은 자세를 앞당겨 검사장을 향해 말했다.

"김필재 부장의 피습 소식이 검사장님에게는 그다지 안타까운 소식이 아닌 것처럼 들립니다."

"안타깝지 않을 수가 있겠나, 유능한 부하 직원이었는데 말이야. 담당의 말로는 살아날 가능성이 희박하다고 하더군. 범인이 도대체 얼마나 무자비한 놈이길래 검찰을 건드렸는지 모르겠어. 아니면 정말 강도였을 가능성도 배제할 수는 없겠군, 애초에 정신이 제대로 박힌 범죄자라면 검사를 공사치는 일은 없었겠지."

"검사장님께서 보시기에 마양동 연쇄살인 사건과 김필재 부장의 사건은 연관성이 없다고 보십니까."

"없네. 결코 없어야 하며 공식적으로 발표할 수 없는 사안이기도 하네. 검찰의 근간이 뒤흔들릴 것이며 앞으로 동부지검 자체가 위태위태해질 수가 있어. 새로운 정권이 들어선 지 일년도 채 지나지 않았는데 잡음이 나서야 되겠나."

검사장은 뜸을 들이다 곤란하다는 표정으로 말을 이었다.

"강 검사를 직접 불러 말을 하고 싶었지만 그 친구가 워낙 깡통이라서 말이지, 말이 안 통해. 그렇다고 다시 전출을 보낼 수도 없는 노릇이고 말이야."

검사장은 혹여나 자신의 목이 날아갈까, 불안감에서 저렇게 행동하는 것일까.

대남은 머릿속으로 수많은 생각을 거듭했다. 하지만 차장검사가 보인 모습과 검사장이 보인 모습을 비교해 보더라도 답은 명확히 나와 있었다.

"혹시 김필재 부장이 자네들에게 뭔가 건네지 않았나."

검사장은 짐짓 겸연쩍은 표정을 지어 보이며 물었다.

대남은 범인이 왜 김필재 부장을 확실히 죽이지 못했는가 대해서 의문을 품고 있었다.

아마도 예기치 않은 강 검사와 자신의 방문 때문이었을 것이다. 하나 그것만으로는 설명이 되지 않았다. 더욱이 날카롭게 난자된 칼날로 단숨에 숨통을 끊으려 했던 것으로 보아 청부 살인의 가능성이 컸다.

"부장이 저희에게 뭔가를 건넸어야 했습니까?"

"그건 아니고 말이야, 혹시나 해서 하는 말일세."

"……"

'만약 물증을 찾지 못했다면.'

범인이 물증을 찾지 못했다면, 김필재 부장을 쉽사리 죽일 수 없었을 것이다.

아마 김필재 부장을 고문하던 와중에 물증을 찾지 못하고 장소를 급히 떠났다는 것이 아귀가 맞았다. 그제야 대남은 모든 퍼즐이 풀리는 듯한 기분이 들었다.

"약육강식의 사회 속에선 두려운 것이 많은 놈일수록 가시를 곤두세우는 법입니다."

"그게 무슨 말인가."

"지금 제 눈에 검사장님은 고슴도치로밖에 보이지 않는다는 말입니다."

"……!"

검사장이 이맛살을 거세게 찌푸리며 대남을 노려봤다.

대남은 검사장에 관한 소문들과 향후 발자취에 관한 논의와 통장 내역을 익히 조사했었다. 털어서 먼지 안 나온다는 사람은 없지만, 그는 유달리 로비를 많이 받은 인물이었다. 또한 유력한 용의자 물망에 오른 일인이었다.

"평상시라면 넘어갔을 일입니다. 군부정권의 잠식이 끝난 지 얼마 안 되었기에 자잘한 로비들은 묵과할 수 있는 일이었겠죠. 더욱이 검사장님의 위치를 생각한다면 가만히 있어도 주변에서 끊임없이 청탁이 들어왔을 겁니다."

"지, 지금 그게 무슨 말인가! 누구 앞이라고 그런 소리를 지껄이는 게야!"

"초조하십니까."

범인은 기자회견 이후 언제, 어떻게, 어디서든 실수를 했을 것이다. 그것을 놓치지 말아야 했다.

"제14대 국회의원 총선에 출마 예정으로, 평소 향락을 즐기며 사회적 지위를 이용해 재벌과 권력가들에게 접대를 받은 전력이 있으며, 동부지검의 부장검사가 두려워할 만한 인물, 결정적으로 마지막 실수를 범할 용의자."

대남이 자리에서 일어나 검사장의 시선을 응대하며 말했다.

"당신입니까."

To Be Continued

Wish Books
스켈레톤 마스터
WISHBOOKS GAME FANTASY STORY
더페이서 게임 판타지 장편소설
오직 힘으로 지배되는 세상 일루전!
"스켈레톤 소환."
ㄴ 미친…….
ㄴ 저거 스켈레톤 맞아요?
ㄴ 뭐가 저렇게 세?
수백이 넘는 소환수를 지휘하는 자,
극악의 난이도를 자랑하는 직업 조폭 네크로맨서!
8년 전으로 회귀한 강무혁의 도전이 시작된다.
「스켈레톤 마스터」
"나는 이곳에서 강자가 되겠다!"

마운드 위의 절대자

디다트 현대 판타지 장편소설
WISHBOOKS MODERN FANTASY STORY

야구선수를 꿈꾸는 이들에게는
크게 세 가지 고비가 온다고 한다.

재능, 부상, 그리고 돈.

고등학교 2학년 때까지 야구선수를 꿈꾸었던,
그리고 그것이 자신의 인생의 전부였던 이진용.

세 가지 고비의 벽 앞에서 야구선수를 포기하고
현실에 순응하고 살아가던 진용의 앞에.

[베이스볼 매니저를 시작합니다.]
- 너 내가 보이냐?

다른 사람의 눈에는 보이지 않는
특별한 것이 보이기 시작했다.

흙수저 판타지 장편소설

회귀자 사용설명서

어느 날, 이세계로 소환되었다.

짐승들이 쏟아지고, 믿을 수 없는 위기가 닥쳐오나.
가지고있는 재능은 밑바닥.

[플레이어의 재능수치는 최하입니다.]
[거의 모든 수치가 절망적입니다.]

선택받은 용사든, 재능 있는 마법사든,
시간을 역행한 회귀자든.
모든 것을 이용해야 한다.

살아남기 위해.

"쓰레기면 뭐 어떻습니까. 살아남기 위해서
뭔 짓인들 못 하겠어요?"